KB271543

성천 聖天

조종호 新무협 판타지 소설

FANTASTIC ORIENTAL HEROES

성천 6

조종호 新무협 판타지 소설

초판 1쇄 찍은 날 § 2009년 9월 16일
초판 1쇄 펴낸 날 § 2009년 9월 22일

지은이 § 조종호
펴낸이 § 서경석

편집장 § 문혜영
편집책임 § 주소영
편집 § 서지현

펴낸곳 § 도서출판 청어람
등록번호 § 제1081-1-89호
등록일자 § 1999. 5. 31
어람번호 § 제2-1817호

주소 § 경기도 부천시 원미구 심곡2동 163-2 서경B/D 3F (우) 420-822
전화 § 032-656-4452팩스 § 032-656-4453
http://www.chungeoram.com
E-mail § eoram99@chollian.net

ⓒ 조종호, 2008

ISBN 978-89-251-1928-1 04810
ISBN 978-89-251-1603-7 (세트)

도서출판
처럼

조종호 新무협 판타지 소설
FANTASTIC ORIENTAL HEROES

성천
聖天

6

무애도극(無涯導極)

[완결]

第五十章
역천지석(逆天之石)

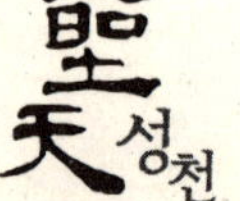

　　포근한 햇빛이 가득한 오후, 마당 중앙에 자리한 평상에 마주 앉은 세 사람은 말이 없었다.

　　위지극도 우희명도, 그리고 할 말이 있다며 그들을 자신의 집까지 데려온 촌장도 두 남녀를 조용한 눈빛으로 바라보고만 있었다.

　　간간이 들려오는 풀벌레 소리만이 그들의 귀를 간질였다.

　　그렇게 얼마나 시간이 흘렀을까.

　　스윽.

　　위지극이 자리에서 일어났다.

　　그는 촌장을 향해 묘한 미소를 짓더니 이내 안색을 가다듬고는 대례를 올리기 시작했다.

"제자가 사부님을 뵙습니다."

우희명은 그 말에 흠칫하여 위지극을 돌아봤다.

'정말로 성천주의 제자……?'

지금까지 위지극은 스승이 있다고만 했지, 누구라고 밝히지는 않았다. 아니, 스승의 생사조차 말해준 적이 없었다.

그녀는 단지 성천주가 그의 스승이 아닐까 하고 어렴풋이 짐작만 했을 뿐이다.

그런데 드디어 그의 입에서 스승이라는 말이 나온 것이다.

기분이 묘했다.

성천주의 제자라니……. 그런 사람이 자신의 연인이라니…….

한데, 이상했다.

위지극의 대례가 한 번으로 그치지 않고 무려 아홉 번이나 이어졌다.

구배지례는 처음 사부를 맞이할 때만 한다.

그럼 지금 사제지연을 맺고 있다는 뜻이 되는데, 이게 대체 어찌 된 일이란 말인가?

우희명은 궁금하기 짝이 없었지만, 두 사람의 태도가 너무나 진중했기에 섣불리 말을 꺼내지 못하고 지켜볼 수밖에 없었다.

이윽고 위지극이 아홉 번의 예를 마치고 자리에 앉자 촌장은 피식 웃었다.

"눈치챘느냐?"

위지극의 입가에 가벼운 미소가 걸렸다.

"처음엔 몰랐습니다. 그런데 내현지성을 들으면 들을수록 그의 성격이나 말투가 제가 아는 어떤 분과 닮았다는 생각이 들더군요."

"클클. 그래, 맞다. 그건 쉽게 변하는 게 아니지."

"촌장님, 아니, 사부님의 함자가 설마 무혼은 아니겠지요?"

"이놈아, 이미 말하지 않았느냐? 이전의 이름은 잊었고, 앞으로의 이름은 모른다고 말이다."

위지극은 무혼심결에 의한 내현지성으로 들은 말을 그대로 촌장의 입을 통해 듣자 가볍게 몸이 떨렸다.

흥분이 일었다.

수많은 무공의 정수를 모아 혼원무혼검법을 창안한 절대자, 무혼!

그가 눈앞에 있으니 말이다.

비록 무혼의 정체를 예상했다고는 하나 그것만으로는 지금의 흥분을 가라앉히기에 모자랐다.

"그래도 제자 된 도리로 사부님의 함자는 알아야 하지 않겠습니까?"

"제자라……."

촌장은 자그맣게 위지극의 말을 되뇌었다.

그는 만감이 교차하는 듯 두 눈을 지그시 감았다. 그리고 잠시 후 눈을 뜨며 입을 열었다.

"내 본명은 낙일훤이다."

"아!"

위지극은 자그맣게 고개를 끄덕였다.

한데 그의 표정에 뭔가 아쉬움이 남는 듯하자 촌장의 눈꼬리가 슬그머니 올라갔다.

"이놈이! 기껏 가르쳐 줬더니만 표정이 왜 그 모양이야?"

"아, 아닙니다."

위지극은 깜짝 놀라 급히 손사래를 쳤다.

"다만, 처음 듣는 이름이라서……."

"허! 나 원. 네놈이 그럼 모든 사람의 이름을 알고 있기라도 한다는 게냐?"

"딱히 그런 건 아니지만, 그래도 혹시나 해서요. 약초 할아버지도 유명한 분이시다 보니 조금은 기대했던 것도 사실이지요."

"뭐야?"

촌장은 자존심이 상한 듯 한쪽 뺨을 씰룩였다.

그러더니 툭하니 내뱉듯이 말했다.

"서불(徐市). 이제 됐냐?"

그러나 위지극은 고개를 갸우뚱했다.

"처음 듣는데요?"

"너 공부 안 했냐? 서고에서 놀기만 했어? 분명 있을 텐데?"

촌장이 눈을 게슴츠레하게 뜨자, 옆에 있던 우희명이 급히 물었다.

"혹시 서복 말씀인가요?"

"오호, 너는 들어봤나 보구나. 맞다. 나중에는 그리도 불렸지."

우희명은 도저히 믿지 못하겠다는 듯이 의구심 가득한 목소리로 재차 물었다.

"정말이에요?"

"내가 너에게 거짓말해서 뭐 하게?"

우희명은 어이없다는 듯이 위지극을 쳐다봤다.

"서복, 아니, 서복님 진짜 몰라? 진나라 때 불로초를 구한다며 동쪽으로 떠났다던……."

"그……."

우희명의 말을 듣고서야 위지극은 퍼뜩 놀란 표정을 지었다.

"사부님이 진짜 수천 명의 동남동녀를 데리고 불로초를 구하러 가셨어요?"

"아니."

"……?"

위지극이 어리둥절해하자 촌장이 히죽거리며 말을 이었다.

"내가 미쳤냐, 그 고생을 하게?"

"분명 책에는 그렇게……."

"그건 다른 사람이었다. 날 대신해서 다른 놈을 보낸 거지. 좋다고 서로 가려 했으니까."

시황제를 속인 일이 고소한지 그는 입꼬리를 씰룩거리다가 이윽고 긴 이야기를 시작했다.

성천주 낙일훤.

언제, 그리고 어디서 태어났는지는 본인조차 알지 못했다.

다만 진나라가 세워지기 수백 년 전인 것만은 분명했다.

어려서 부모가 역병으로 죽고, 떠돌이 생활을 시작했던 것이 그의 나이 아홉 살 때.

한 끼를 해결하기 위해 하루 종일 모진 일을 해야 했고, 잠잘 곳을 찾기 위해 들길을 헤매야만 했다.

그렇게 십 년이 흐르자 처음부터 강골이 못 되었던 그는 피골이 상접하고 병까지 얻어 죽을 날만을 기다리는 몸이 되었다.

그런 그가 불사의 몸을 얻게 된 것은 그야말로 우연이었다.

자신이 죽을 곳을 찾아 도착한 산속, 그곳에서 불사를 이루게 하는 근원을 발견한 것이다.

빼빼 말라 나뭇가지를 연상시키던 그의 몸은 환골탈태하여 건장한 모습이 되었다.

자지 않고 먹지 않아도 몸엔 언제나 힘이 넘쳤다.

그때부터 그는 천하를 돌아다니며 경험을 쌓았다.

일반적인 학문은 물론이고 천문과 역학, 그리고 술법도 익혔다.

그리고 그중에서도 그가 가장 관심을 보인 학문이 음양지도행(陰陽之道行)이었다.

이백 년간 음양지도행을 익힌 그는 천지만물의 변화를 예측하기에 이르렀고, 천행을 읽게 되었다.

이후 서역에서 처음 무공을 접한 후 이에 심취하여 절대자의 경지에 오르게 되었고, 자신과 뜻이 맞는 사람이나 특별한 연을 맺은 이에게 완전치는 못하나 불사의 기회를 나누어주었는데, 그렇게 해서 만들어진 곳이 바로 태평촌이었다.

촌장의 이야기가 끝나자 위지극은 잠시 생각하다가 조용히 물었다.

"불사가 완전치 못하다는 것은 무슨 뜻입니까?"

"말 그대로다. 내가 역천지신의 근원을 얻기는 했으나 그것을 모든 사람이 나누어 갖기에는 모자랐지. 물론 또 다른 이유도 있었지만."

"그럼 저는……?"

"왜? 불완전하다는 말에 실망했느냐?"

위지극은 쉽사리 대답하지 못했다.

다른 평범한 사람들에 비하면 불완전하다 할지라도 충분히 혜택을 받은 것이니 말이다.

위지극이 조용히 있자 촌장이 그를 넌지시 바라보며 입을 열었다.

"속 좁은 놈. 걱정하지 마라, 다행히도 네놈은 나와 같으니까."

위지극은 번쩍 고개를 들었다.

"네?"

"그 말대로다. 이곳에 있는 다른 사람들과 달리, 너만은 나와 같은 완벽한 역천지신이야. 그렇지 않았다면 무혼심결을 익히지도 못했을 거다."

"어떻게 저만?"

"너는 네 어미에게 고마워해야 해. 모두 그 아이 덕분이니까."

위지극은 그의 뒷말을 기다렸으나, 더 이상 촌장은 설명하지 않았다.

촌장은 차마 위지령이 자신이 유일하게 사랑했던 여인과 닮았기에 선택했단 사실을 털어놓을 수 없었다. 물론 결정적인 다른 이유도 있었지만.

"그럼 역천지신은 천하에 사부님과 저 두 사람뿐인가요?"

"그건…….”

촌장은 잠시 멈칫하다가 고개를 저었다.

“그에 대한 것은 나중에 말해주마. 지금은 그보다 급한 것이 있다. 너는 무혼심결과 혼원무혼검법을 어디까지 익혔느냐?”

위지극은 대답하기 난처한 듯 한차례 미간을 찡그렸으나 결국 입을 열었다.

“무혼심결은 만해구인, 혼원무혼검법은 여섯 번째 초식까지 익혔습니다.”

그로서는 혼원무혼검법의 열여덟 초식 중 여섯 개밖에 익히지 못한 게 부끄러웠으나, 촌장의 반응은 뜻밖이었다.

“짧은 시간인데도 꽤 진전이 있었구나. 적절한 연공법을 터득하지 못했다면 그만한 성취를 이루는 건 불가능했을 터인데.”

“제가 빠른 건가요?”

“그 정도면 아주 빠르다고 할 수는 없으나, 그렇다고 해서 느리다고도 볼 수 없다. 다만.”

“……?”

“앞으로는 더욱 그 시간을 줄여야 한다. 지금의 강호 정세를 생각하자면 앞으로 일 년 안에 끝을 봐야만 해.”

“일 년이요?”

“그래, 일 년.”

촌장이 확고하게 말하자 위지극이 슬쩍 우희명을 쳐다봤다.

"하지만 일 년 후라면 적존교가……."

직접 겪은 적존교의 힘은 대단한 것이었다.

자신이 대성하고 강호로 나갈 때에는 이미 적존교로 인해 강호는 피바다가 되어 있으리라.

"너의 적은 적존교가 아니다."

갑작스런 촌장의 말에 위지극은 물론이고 우희명도 눈을 동그랗게 떴다.

"네가 상대할 자들은 따로 있어. 그리고 적존교는 이 아이 혼자로도 충분해."

촌장은 우희명을 가리켰다.

"저, 저요?"

우희명이 어리둥절해하자 위지극이 급히 끼어들었다.

"희명이는 힘이 없습니다. 부친이 비록 교주라 해도 이 애의 말을 귀담아들을 리 없어요."

"맞아요. 아버지는 그만두지 않으실 거예요."

"내, 한 가지 묻겠다."

"……."

"너의 부친이 왜 그런 짓을 한다고 생각하느냐?"

"할아버지의 복수를 하기 위해서죠. 그분은 구대문파와 염상천 때문에……."

우희명은 말끝을 흐렸다.

성천의 주인 앞인지라 성천과 강호에 대한 부친의 증오를 그대로 말하기란 쉽지 않았다.

"그럼 네 조부는 왜 그런 일을 벌였느냐?"

"그건……."

거기까지는 우희명도 알지 못했다.

그녀가 대답하지 못하고 우물쭈물하고 있을 때였다. 청의 장삼의 중년인이 사립문을 열고 들어왔다.

"촌장님, 다녀왔습니다."

"위 아저씨!"

위지극이 벌떡 일어나며 소리쳤다.

"오, 이제 괜찮아진 거냐? 령이가 걱정을 많이 하던데 꼭 찾아뵈어라."

"그래야죠. 어……?"

청의중년인 위선은 혼자가 아니었다. 그 뒤를 따라 다 떨어진 삼베옷을 입은 중년인이 천천히 걸어 들어오고 있었다.

그는 비교적 작은 키에 눈빛은 서글서글하여 중원 어디서나 볼 수 있는 촌민의 모습이었다.

위지극은 그를 알아보고는 꾸벅 고개를 숙였다.

"그동안 안녕하셨어요?"

키 작은 중년인은 마을에서 채소 재배의 일을 도맡다시피 하는 회(回)씨였고, 위지극도 집에서 감자를 기르기에 자주 그의 집을 찾아가 이야기를 나누곤 해서 꽤나 잘 아는 사이였다.

“네가 고생이 많구나.”

그는 위지극을 보며 포근하게 웃어주고는 촌장에게 허리
를 숙였다.

“부르셨습니까, 촌장님?”

“그래, 자네에게 물어볼 게 있어서 불렀네.”

“말씀하시지요.”

“자네, 왜 그랬지?”

그는 촌장이 무슨 뜻으로 하는 말인지 몰라 잠시 당황해하
는 눈치였으나, 이내 겸연쩍은 표정을 지었다.

“그땐 철이 없어서…….”

“오십이 철이 없을 나이던가?”

“…….”

회씨가 곤란해하자, 보다 못한 위선이 나섰다.

“이미 끝난 일 아닙니까, 촌장님. 이 사람도 충분히 뉘우치
고 있으니…….”

“너는 조용히 있어!”

그러나 촌장이 눈을 부라리자 위선은 조용히 뒤로 물러날
수밖에 없었다.

촌장은 그를 다시금 무섭게 흘겨보고는 하던 말을 계속했
다.

“나도 이런 말 할 입장은 아니지만, 자네 아들이 강호에서
소란 피우고 있다는 건 알고 있겠지?”

"물론입니다. 그래서 제가 나가겠다고 말씀드렸지 않습니까. 그러나 촌장님께서는 안 된다고 하셨지요. 이번이 기회라고 하시면서……."

"자네가 그런 말을 했었나?"

"분명히 했습니다."

그는 촌장이 처음 듣는 듯이 시치미를 떼자 은근히 부아가 치밀어 목소리가 커졌다.

"그 자리에 저도 있었지요."

은근슬쩍 위선도 거들었다.

"흠, 흠. 그랬구먼. 내 잠시 잊고 있었어."

"예전 일을 추궁하고자 저를 부르셨습니까?"

"그건 아니야. 실은 이 아이를 만나게 하려고 그랬네."

우희명은 두 사람의 대화가 뭔가 이상하다 생각하던 차에 촌장이 갑자기 자신을 가리키자 흠칫 놀랐다.

희씨는 우희명을 위아래로 훑어보더니 극이와 손을 잡고 있는 것을 보고는 물었다.

"이 애가 극이의 정인입니까?"

"바로 보았어. 그리고 자네의 손녀기도 하지."

"……?"

"네?"

"어?"

촌장의 말을 들은 세 사람은 각기 다른 반응이었다.

회씨는 눈을 커다랗게 치켜떴고, 우희명은 되물었으며, 위지극은 당황했다.

그러나 세 사람의 얼굴에 떠오른 표정은 공통적이었는데, 그것은 바로 놀라움이었다.

"뭐 하느냐, 얼른 조부에게 인사드리지 않고?"

하나 촌장의 재촉에도 우희명은 정신이 나간 듯 멍하니 회씨를 바라보기만 했다.

"저, 정말인가요? 회 아저씨가……?"

위지극이 더듬거리며 묻자 촌장이 답답하다는 듯이 대답했다.

"맞다니까 그러네. 설마하니 내가 너희들에게 거짓을 말하겠느냐? 어이, 회명(回明), 자네 원래 이름이 뭐였더라?"

"우자화입니다."

그는 말하면서도 시선은 여전히 우희명에게 고정시킨 채였다.

'우자화!'

한편 우희명은 벼락이라도 맞은 기분이었다.

우자화는 분명 행방불명된 조부의 성함이다.

하면 이 사람이 정말 자신의 할아버지란 말인가?

우희명의 눈빛이 급격히 흔들릴 때 우자화가 천천히 입을 떼었다.

"백아는 잘 있느냐?"

"아, 아버지께선……."

우희명은 말을 잊지 못했다.

지금의 상황이 너무나 비현실적이었다.

할아버지라고 했지만, 아버지보다도 더 젊지 않은가?

"그 녀석에겐 죄 많은 아비구나."

우자화는 길게 한숨을 내쉬었다.

염상천에게 패하고 나서 좌절과 분노로 사라졌다 알려졌지만, 실상 염상천에게 설득당해 모든 것을 버리고 성천으로 들어온 그였다.

이후 그는 자신이 얼마나 미약한 존재였는지를 깨닫는 데 오래 걸리지 않았다.

성천주는 고사하고 이곳에 있는 그 누구도 자신보다 약한 이가 없었다.

해서 그는 과거를 잊고 새롭게 태어난다는 뜻에서 이름을 회명으로 바꿨으며, 그렇게 지금까지 태평촌의 촌민으로 살아온 것이다.

그러나…….

적존교가 다시 발호했다는 소식을 들었을 때는 죄책감에 시달려야만 했다.

그리고 어떻게든 그것을 자신의 힘으로 막고 싶었다.

아비를 잃은 자식의 슬픔이 얼마나 컸겠는가?

아비의 복수를 하기 위해 그 긴 시간을 동안을 참아내야만 했던 아들이 가엾기만 했다.

그러나 태평촌이 존재하는 한, 복수를 하려는 아들의 꿈이 부질없다는 사실을 누구보다 잘 아는 그였다. 해서 직접 출행하고자 했다.

그러나 촌장은 우자화 대신 위지극을 선택했다.

그때는 그 이유를 알지 못했지만, 지금은 알고 있다.

위선에게서 촌장이 위지극을 후인으로 정했다는 말을 들었기 때문이다.

이에 그가 할 수 있는 것은 하나였다.

단지 아들이 무사하기만을 빌 뿐. 아무 탈 없이 자신처럼 태평촌에 들어오기만을 바랄 뿐이었다.

그러던 차에 이렇게 손녀를 만나게 되었다.

참으로 귀엽고 예쁘지 아니한가.

그는 조심스럽게 손을 내밀어 우희명의 손을 잡았다.

'그동안 속세를 완전히 잊은 줄 알았는데, 그게 아니었구나.'

그의 눈에는 어느새 물망울이 어른거리고 있었다.

촌장은 두 사람의 만남을 지긋이 바라보다가 손바닥을 쳤다.

"자, 그럼 조손 간은 못한 이야기가 많이 있을 테니 편히 나누게 하고 우리는 가자꾸나."

그는 위지극의 어깨를 잡고 이끌었다.

위지극은 두 사람과 이야기를 더 하고 싶었지만, 촌장의 힘에 이끌려 어쩔 수 없이 집을 나왔다.

이윽고 위지극이 도착한 곳은 다름 아닌 계록서고였다.

처음 무혼심결을 접한 곳.

촌장은 위선에게 기다리라 하고는 먼저 서고 안으로 들어갔다.

위지극은 위선을 슬쩍 쳐다보고는 뒤따라 들어가며 촌장에게 물었다.

"위선 아저씨도 유명한 분인가요?"

"제대로 공부했으면 그 이름을 들어봤을 텐데, 정녕 모르겠느냐?"

어두운 계단을 내려가던 촌장이 뒤돌아섰다.

위지극은 흠칫하다가 고개를 저었다.

"전혀 모르겠네요. 책을 많이 봤다고 생각했는데 위선이란 이름은……."

"바보 같은 놈."

촌장은 피식 웃고는 다시 신형을 돌려세워 계단을 내려갔다.

그러면서 한마디 했다.

"그는 황제였다."

"네?"

위지극은 소스라치게 놀라 소리쳤다.

그의 커다란 목소리가 서고 안을 연이어 울리다 사라졌다.

잠시간의 침묵이 있은 후에야 정신을 차린 위지극이 다시 입을 열었다.

"이상하네요. 지금까지의 황제들은 대부분 기억하는데."

"위선은 그의 자다. 본명은 이치(李治)지."

"이치! 당나라의?"

"이제야 알겠나 보구나. 맞다. 그가 바로 사람들이 고종이라 부르는 사람이다. 불쌍한 놈이지. 마누라를 잘못 얻은 탓에 그 꼴이 되었으니까."

위지극은 어이가 없었다.

설마하니 그가 고종이라니.

그리고 촌장이 말하는 그 잘못 얻은 마누라는 분명 측천무후, 즉 무측천을 이르는 것일 터다.

"책에는 분명 나이가 들어 돌아가셨다고 했는데, 그럼 대체 어찌 된 거죠?"

"흘흘흘. 그 죽었다는 사람은 바로 나다. 내가 그 녀석을 대신해서 삼 년간 황제 노릇을 했었지. 그러다 죽은 척하고 빠져나왔어. 아무튼 황제란 것도 오래 할 게 못 되더구나. 고생이란 고생은 다 했으니 말이다."

위지극은 머리가 어지러웠다.

도대체 자신은 어떤 사람들과 살아온 것일까.

우희명이 이 사실을 알면 어떤 표정을 지을까.

"이놈아, 다들 똑같은 사람일 뿐이다. 그러니 그렇게 얼빠져 있을 필요 없다."

"아, 저기, 한 가지 더 궁금한 게 있습니다. 회 아저씨가 염 아저씨하고 겨뤘던 전대 적존교주라면 그분을 보내시지 왜 저를 내보내셨습니까? 만약 그러셨더라면 희생없이 끝낼 수 있었을 텐데……"

끝을 흐리는 위지극의 목소리에는 은근한 원망이 담겨 있었다.

그도 그럴 것이, 우자화가 나갔더라면 적어도 수백 강호인의 목숨을 구할 수 있었다.

그렇게 쉽게 해결할 수 있는 방법을 두고 왜 미흡하기만 한 자신을 보냈단 말인가?

위지극은 앞서 걷고 있는 촌장의 대답을 기다렸지만, 아무 말도 하지 않았다.

이윽고 계단을 모두 내려와 천룡야광주가 사방을 대낮처럼 밝히고 있는 서고의 중앙에 도달하자, 그제야 촌장이 신형을 돌려세웠다.

위지극을 바라보는 그의 눈빛은 깊이 침잠되어 있었고, 그의 주위로 무거운 기운이 흐르기 시작했다.

갑작스러운 촌장의 변화에 위지극은 자신도 모르게 침을 꿀꺽 삼켰다.

　지금까지 한 번도 본 적 없는 촌장의 진중한 모습이었다.

　"그건 내가 너를 후인으로 정했기 때문이다. 그리고 나의 후인이 되기 위해서는 네가 무혼심결을 익혀야만 했고. 그러기 위해선 네가 나가야만 했다."

　"하지만 그 때문에 많은 사람들이 목숨을 잃었습니다. 만약……."

　"그들도 강호인이다."

　파팍!

　'윽!'

　갑자기 주위가 시커멓게 변했다.

　촌장의 음성은 낮았다.

　하지만 그에 실린 진력은 위지극의 숨통을 틀어막았고, 요란한 소리와 함께 천룡야광주들의 빛을 빼앗아 버렸다.

　어둠 속에서 촌장의 목소리가 들려왔다.

　"강호에 몸담았다는 것은 자신의 목숨을 칼 한 자루에 올려놨다는 뜻이다. 알겠느냐? 누구의 도움도 바라서는 안 된다는 말이다."

　"하지만 이미 여러 번 도와주셨지 않습니까?"

　"그건 땡초와 한 약조 때문이었다. 그것이 아니었다면 강호에 피바람이 불어도 나는 상관치 않았을 것이다."

　"진정으로 하시는 말씀인가요?"

　"물론이지. 아니면 내게 그들을 도와야 할 이유라도 있단 말이냐?”

　냉담한 촌장의 말에 위지극은 속에서부터 뭔가가 울컥 끓어올랐다.

　“어찌 그럴 수 있습니까? 그러려면 뭐 하러 무공을 익히셨습니까? 죽어가는 사람들을 보고도 못 본 척한다면 어찌 진정한 무인이라 할 수 있겠습니까?”

　“뭐야?”

　“제가 느낀 무혼이란 사람은 그렇지 않았습니다. 아니면 그사이 촌장님께서 변한 것입니까?”

　위지극은 촌장에 대한 실망감에 부르짖듯이 소리쳤다.

　무혼심결을 익힐 때 위지극은 무혼과 동조되었다.

　그의 마음을 느끼고, 그의 머릿속을 읽을 수 있었다.

　무혼은 자연과의 일체를 추구할 뿐만 아니라 강한 협의지심을 가진 인물이었다.

　자신과 상관없다 하여 남의 불행을 도외시하는 사람이 아니었던 것이다.

　그랬던 무혼이 저런 말을 하다니 도무지 믿을 수 없는 일이었다.

　위지극은 자신이 너무 심하게 말한 게 아니었나 하는 생각이 뒤늦게 들었지만 이미 뱉어버린 말은 되돌리지 못하는 것이고, 비록 그게 가능할지라도 취소하고 싶은 생각은 없었다.

서고 안에 긴 침묵이 감돌았다.

그러던 어느 순간,

팟!

빛을 잃었던 천룡야광주가 밝게 빛나고 사위가 환해졌다.

한데…….

"그놈 참 말은 잘하는구나, 약하기만 한 놈이."

촌장은 묘한 미소를 짓고 있었다.

그 미소는 결코 비웃음이 아니었다. 오히려 그 반대처럼 보였다.

'어?'

위지극은 순간 당황스러웠다.

커다란 호통이 날아올 줄 알았는데 아니었다.

"네가 느낀 무혼은 괜찮은 자였더냐?"

"그, 그게……."

"됐다. 굳이 설명하려 애쓸 필요 없다."

촌장은 손을 훼훼 젓더니 느릿하게 걸어가 네 개의 서고 중 이름이 적히지 않은 돌문 앞에 섰다. 그리고 손바닥을 문에 대며 말을 이었다.

"회명 대신 너를 보낸 데에는 경험을 쌓고 무혼심결을 익히게 하기 위함에 또 다른 이유가 있었다."

"그게 무엇입니까?"

"그가 나가보았자 사태를 막을 수 없기 때문이었지."

"하지만 방금 전에는 해결할 수 있다고 하셨지 않습니까."

"네가 상대할 적이 적존교가 아니라고도 말했지."

위지극은 불현듯 그의 말에 담긴 의미가 적지 않음을 깨달았다.

"하면?"

"오히려 그 당시 회명이 나갔다면 걷잡을 수 없이 일이 커졌을 것이다. 네가 나갔기 때문에 그나마 지금처럼 피해가 적은 것이야."

위지극은 뭔가 모호했다.

알 듯하면서도 쉽게 촌장의 말이 파악되지 않았다.

"아직 모르겠느냐?"

"제가 상대할 자가 누구이기에……?"

촌장이 천천히 고개를 돌리더니 위지극과 눈을 마주했다.

"이미 만나보았을 텐데?"

"……!"

그 순간 위지극의 머릿속으로 한 사람이 스쳐 지나갔다.

단강으로 향하는 길에 만났던 백의유생!

기이한 기운을 흘려 자신을 위협했던 자.

"혹시?"

"맞다. 네가 상대해야 할 사람은 바로 그다. 그 녀석은 나를 노리고 있어. 지금 활개치고 있는 적존교는 그 녀석에 비하면 신경 쓸 것도 못 되지."

"그가 대체 누굽니까? 누구기에 촌장님을 노리는 겁니까?"

"그 녀석은 이곳이 싫다고 뛰쳐나간 놈이다."

"네?"

"그놈은 네가 무혼심결을 익히고 있다는 사실을 알아보았지?"

위지극이 고개를 끄덕이자 촌장은 희미하게 웃었다.

"그랬기에 강호가 무사한 게야. 만약 그때 만난 사람이 네가 아니고 회명이었다면 미쳐 날뛰었을지도 모른다. 그놈은 꽤 오래 참고 있었거든, 내가 밖으로 나오기를."

"하지만 저는 촌장님이 아닌데요."

"그 녀석 입장으로선 그게 더 마음에 들었을 것이다. 무혼심결을 익혔다는 것은 나의 후인이라는 뜻이니, 오히려 늙은 나를 만나는 것보다 신이 났을 게야."

위지극은 그 백의유생이 뭣 때문에 신이 났을지는 알지 못했지만 적어도 한 가지는 확신했다.

촌장이 결코 강호를 버리지 않았다는 사실이다. 그리고 자신이 알고 있던 무혼과 차이가 없다는 것도.

그리고 이를 비추어보아 또 다른 사실도 짐작할 수 있었다.

백의유생이 얼마나 오랫동안 강호에서 촌장을 기다렸는지는 알 수 없으나, 분명 긴 시간이었을 테고, 그렇게 인내심이 거의 한계에 다다랐을 때 자신을 만난 것이다.

덕분에 그의 광기는 잠시 가라앉았지만 그 시간은 길지 않아 일 년 정도인 듯했다.

한데…….

아무리 강하다 할지라도 과연 그 혼자서 강호 전체를 상대할 수 있다는 게 말이 되는 것일까?

문득 의문이 치미는 위지극이었다.

"그가 그렇게 강합니까?"

"직접 봤으니 대충 알 게 아니냐."

"제가 아직 미흡하여 잘 모르겠습니다, 과연 혼자의 힘으로 강호를 어지럽힐 정도인지."

"그 녀석은 혼자가 아니야. 따르는 놈들이 몇 놈 있어."

그 순간 위지극이 부지불식간에 소리쳤다.

"사죽림!"

왜 갑자기 그 단어가 떠올랐는지 몰랐다. 그냥 왠지 그럴 것만 같았다.

그런데 그 말을 들은 촌장이 히죽 웃으며 말하는 게 아닌가.

"바로 그놈들이지. 배은망덕한 놈들 같으니."

"그들도 이곳에 있던 사람들이군요."

"전부는 아니지만 몇몇은 그렇다. 어찌 됐든 모두 네가 해결해야 할 놈들이야."

위지극은 적존교주보다 강할지도 모르는 사람들이 여럿이라 하자 걱정이 일었다.

"일 년, 제가 그 안에 그 정도의 성취를 이룰지 모르겠습니다."

"그 정도면 충분하다. 무혼심결은 오랜 시간을 보낸다고 대성하는 것이 아니니까. 게다가 이곳이 너의 수련을 도와줄 게다."

그그그궁.

촌장이 무명서고의 돌문을 두어 번 문지르자, 굉음을 내며 옆으로 밀려났다.

그를 따라 안에 들어선 위지극은 눈을 커다랗게 떴다.

"아!"

그 안은 도저히 땅속이라고는 생각할 수 없을 만큼 넓었다.

반경 십여 장은 족히 되었으며, 주위에는 천룡야광주가 빛을 발하고 있었다.

그리고 중앙에는 마치 돌침대와 흡사하게 생긴 일 장 넓이의 눈부신 옥석이 놓여 있었다.

"이것이 역천지신의 근원이 되는 역천지석이다. 물론 내가 지은 이름이긴 하지만."

위지극은 역천지석에 가까이 다가가 살펴보았다.

옥석 안으로 무언가가 흐르고 있었다.

"이게 뭔가요? 안에 뭔가가 있는데."

"만져 보아라."

위지극은 촌장을 의문 어린 눈빛으로 잠시 쳐다보다가 천천히 손을 갖다 댔다. 그러자,

'흐읍!'

쏴아아아.

막대한 기운이 장심을 타고 몸으로 흘러들어 왔다.

너무나 갑작스런 일에 위지극은 순간 당황했으나 얼마 지나지 않아 그 기운의 정체를 알 수 있었다.

'선천진기?'

그것은 자심연도를 익힐 때 일어나던 선천진기와 흡사했다.

이를 증명이라도 하듯이 조용히 잠자고 있던 자신의 진기를 깨우고 전신을 함께 휘돌고 있지 않은가.

위지극은 얼른 손을 떼었다.

"이 역천지석이란 게 살아 있는 건가요? 선천진기를 가지고 있다니."

"그건 단순한 선천진기가 아니다. 삼라만상의 모든 정기라 할 수 있지. 해서 연공을 할 때 역천지석의 도움을 받으면 무혼심결을 익히는 데 걸리는 시간이 크게 단축될 것이다. 당연히 혼원무흔검법을 익히는 데도 도움이 되고."

위지극은 다시 역천지석을 바라보고는 슬그머니 물었다.

"희명이도 이곳으로 데려오면 안 될까요? 그 애도……."

"안 돼. 그리고 이곳에 발을 들인 사람은 많지 않아. 너와

나를 제외하고는 한 사람이 더 있을 뿐이니까."

"네? 그럼 다른 사람들은 어떻게 그리 오래 살 수 있는 거죠?"

"역천지신과 수명이 긴 신체와는 엄연히 다르다. 그들은 내가 이곳의 정기를 나누어줬기에 장수할 수 있는 거야."

"그럼 나머지 한 사람은……."

"그 녀석이지."

위지극은 천천히 고개를 끄덕였다.

이미 그럴 것이라고 예상하고 있었다.

촌장은 그런 위지극을 지그시 바라보다가 신형을 돌려세웠다.

"그럼 나는 이만 가보마."

위지극이 흠칫 놀라 급히 물었다.

"저, 저기, 저는 이곳에 갇혀, 아니, 폐관 수련을 하는 건가요?"

"농담도 잘하는구나. 네놈이 답답해서 일 년씩이나 이곳에서 갇혀 지낼 수 있겠느냐? 잠이나 밥은 집에서 해결하도록 해. 그리고 너를 폐관시켰다간 령이 녀석이 나를 잡아먹으려고 들 테니 절대 못하지. 암, 그렇고말고."

第五十一章
무명서고(無名書庫)

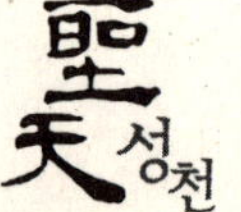

육문산 마령곡.

절정의 경지에 이른 독마와 도마, 그리고 권마를 앞에 두고
도 우백은 전혀 위축되지 않은 듯 힘이 실린 목소리로 입을
열었다.

"그대들은 약속을 지키지 않았소."

"교주, 오랜만에 찾아와서 그게 무슨 소린가?"

권마가 생뚱맞다는 표정을 지으며 물었다.

"사죽림에 의해 내 딸아이가 목숨을 잃을 뻔했소. 모르셨
소?"

"우리야 이곳에 처박혀 사는 늙은이들이니 당연히 알지 못

하지. 한데 갑자기 소교주가 죽을 뻔했다니, 괜히 벌어진 일은 아닐 테고, 뭔가 곡절이 있을 터인데?"

권마가 시큰둥하니 묻자 우백은 노기가 치솟았으나 애써 화를 눌렀다. 대신 한층 날카로운 눈으로 그를 쏘아봤다.

"성천자를 잡으려다 벌어진 일이라 들었소."

"……!"

"……?"

그 말에 권마와 도마가 흠칫하더니 약속이나 한 듯 독마를 쳐다봤다.

독마는 굳은 표정으로 입을 열었다.

"성천자는 죽었네, 내 손에."

우백의 눈꼬리가 미세하게 꿈틀거렸다.

"하면 내가 거짓을 말하고 있다는 뜻이오?"

"그건 내가 알 수 없는 일이지. 다만 확실한 것은 그놈이 살아 있을 수 없다는 게야."

"귀하의 눈으로 확인한 것이오?"

"확인할 필요도 없네. 그는 나의 만금사독에 중독된 채 산을 내려갔으니 말일세. 중독되지 않았으면 모를까 이미 걸려든 이상 살아날 길은 없어."

"산을 내려갔다? 결국 성천자가 본 교를 방문한다는 소문은 사실이었군그래."

우백이 고개를 돌려 뒤에 있는 사사를 쳐다보자 그가 급히 허리를 숙였다.

"수하의 실수입니다."

"아니야. 그대는 이곳도 수색하자고 했지만 말린 건 나였으니까. 다만 부끄럽기 짝이 없군. 손 안에 들어온 물고기를 이렇게 어이없이 놓치다니."

"내 말을 믿지 않는 겐가?"

독마의 얼굴에 언뜻 미소가 스쳐 갔다.

하지만 그 미소는 마치 독사의 그것처럼 섬뜩했다.

"귀하는 그 만금사독인가 하는 물건에 꽤나 자신이 있나보오?"

"직접 시험해 보고 싶은가?"

독마의 미소가 더욱 짙어졌다.

그와 동시에 우백의 전신에서 은색 아지랑이가 피어오르기 시작했다.

갑자기 사태가 긴박하게 변하려 하자 권마가 급히 둘 사이에 끼어들었다.

"자자, 잠깐만 기다리시게. 나이도 먹을 만큼 먹은 사람들이 너무 성급하게 굴지 말고. 그러니까 성천자는 죽지 않았고, 그를 노리던 사죽림에게 오히려 소교주가 죽을 뻔했다는 뜻이지?"

"이미 말한 바요."

"그럼 우리가 어찌했으면 좋겠나?"

“계약을 파기하겠소.”

“허어, 그런…….”

“어긴 것은 사죽림이 먼저이니 불만은 없을 것이오.”

“교주가 그리 쉽게 깰 수 있는 약조가 아닐세.”

“안 될 것도 없소. 처음 그대들 사죽림과 약조한 것은 백부셨고, 그분은 이미 돌아가셨으니 계약도 그때 끝났다 해야 하지 않겠소?”

우백의 말이 끝나자 잠시지간 세 사람은 말이 없었다.

그의 말은 사실이었다.

사죽림과 손을 잡은 것은 흑천검마였다. 흑천검마는 오극신마의 비급을 찾은 직후 사죽림의 접촉을 받았고, 그들의 제안을 받아들였다.

그로서는 손해 볼 게 없었기 때문이다.

당시 사죽림은 뜻은 적존교의 재건을 돕고 이후 성천을 비롯한 강호를 함께 상대하는 것이었는데, 적존교의 힘이 생각보다 빠른 시간 내에 강대해지자 내용을 수정하여 성천은 사죽림이, 다른 강호 문파는 적존교가 상대하기로 하였다.

그렇게 사죽림에서는 적존교를 돕고자 네 사람을 보냈고, 그들이 지금의 사대봉공이었다.

“이야기는 끝났군.”

도마가 예의 무표정하니 말하고는 신형을 돌려세웠다. 독마도 우백을 한차례 쏘아보고는 자신의 모옥으로 돌아갔고,

권마만이 벌레 씹은 얼굴로 있다가 입을 열었다.

"저 둘은 오늘 중으로 하산할 것이네만, 검마가 아직 남아 있으니 나는 그와 함께 가겠네. 그러나 교주는 분명 오늘의 결정을 후회할 것이네."

"후회는 없소."

"그리된다면 다행이네만."

비록 완전한 적존교도는 아니었지만, 오랜 시간을 지낸 마령곡을 막상 떠나려하니 씁쓸한 기분이 드는 권마였다.

*   *   *

"젠장!"

정신없이 검을 휘두르고 있는 위도곡은 그답지 않게 욕지 기를 뱉어냈다.

호흡은 천 리를 달린 말처럼 거칠었고, 여기저기 찢긴 옷엔 흘러내린 피가 검게 말라붙어 있었다.

"조심해요!"

따다당!

"큭!"

위도곡은 소유아의 다급히 소리에 급히 검을 쳐올렸지만, 상대의 검력을 완벽히 해소하지 못해 다섯 걸음이나 비칠거 리며 물러섰다.

'이 시퍼런 놈들이!'

겨우 자세를 가다듬은 그는 핏발 서린 눈으로 어지러이 검광을 일으키고 있는 눈앞의 청의인을 노려보았다.

위도곡은 지금의 현실이 도저히 믿기지 않았다.

그는 소유아와 협공을 취하고 있었다.

그럼에도 단 한 명의 청의인에게 형편없이 밀리고 있는 것이다. 그런 청의인들이 무려 이백. 위도곡이 욕지기를 쏟아내는 게 당연할지도 몰랐다.

금산청 일행이 무당산에 도착한 지 이틀째, 예상했던 대로 적존교가 들이닥쳤다.

이미 일전을 치른 적이 있는 적룡대와 청의를 입은 청령마단이 주축이 된 적존교도 오백이 일시에 무당산을 치고 올라왔다.

금산청에게 이미 언질을 들은 무당파는 비교적 침착히 대응할 수 있었는데, 이대제자들이 적룡대를, 일대제자들이 청령마단을 맞이했다.

수적으로는 무당파가 훨씬 위였다.

특히 이대제자들의 수만 육백이 넘었으니 이 대 일의 형국이었다.

그러나 강호의 싸움은 머릿수로만 판가름되는 게 아니었다.

적룡대원 하나를 막기 위해 이대제자 두엇이 달라붙어야

했고, 청령마단은 그런 적룡대보다 더욱 실력이 높아 구대문
파 중 수위를 다투는 무당파의 일대제자들마저 한 명을 채 상
대하기 힘들었다.

"크악!"

"커어어."

곳곳에서 신음 소리가 터져 나오고, 사람들이 쓰러져 갔다.
그들 대부분은 무당파의 이대제자들이었고, 적존교도들은 소
수에 불과했다.

"천강구궁진과 칠성화화진을 펼쳐라!"

장문인 능운자의 고함 소리가 울려 퍼지자, 장내에 변화가
일었다.

일대제자 다섯이 모여 청강구궁진을, 이대제자 일곱이 모
여 칠성화화진을 각기 펼친 것이다.

그에 따라 죽어 나가는 무당제자들이 눈에 띄게 줄었다. 그
러나 이 역시 잠시 뿐이었다.

얼마 지나지 않아 또다시 비명 소리와 함께 피가 하늘로 튀
었다.

"저, 저게⋯⋯."

능운자는 두 눈을 부릅떴다.

무당의 절진이 적존교도의 검 아래 하나둘 파훼되고 있었
다.

"어떻게 저놈들이."

“더 이상 보고 있을 수만 없겠네.”

대장로 진우자의 말에 주위에 있던 장로들이 고개를 끄덕였다.

어찌 된 일인진 모르겠으나, 상대는 진법의 약점을 훤히 꿰뚫고 있었다.

이대로는 피해만 늘어날 게 뻔했다.

휘휘휙!

일시에 스물네 명의 장로가 장내로 몸을 날렸다. 그리고 땅에 내려섬과 동시에 일말의 사정도 두지 않고 살검을 펼쳐 냈다.

이미 많은 제자가 희생된 터, 장로들의 검에는 살기가 가득했다.

지금까지와는 비교할 수 없을 만큼 눈부신 검광이 사방을 휩쓸기 시작했다.

파앗! 써걱!

“커흑!”

일대제자 중 하나를 공격하던 청령마단 중 하나가 느닷없이 들이닥친 검기에 허리가 잘려 나갔다.

한 명을 베어 넘긴 상운자는 곧바로 검세의 방향을 바꿔 또 다른 적을 덮쳐 갔다.

땅!

‘이놈이!’

그러나 이번엔 전처럼 쉽지 않았다.

상대가 일검을 받아냈을 뿐만 아니라 반격해 오고 있는 게 아닌가?

상운자의 눈꼬리가 하늘 높이 솟구쳤다.

그는 주저없이 십성의 공력을 끌어올렸다. 그리고 펼쳐지는 만유태청검!

파파팟!

십여 줄기의 검기가 유성우처럼 폭사되더니 청령마단원의 전신을 뒤덮어 버렸다.

푸아악!

단 두 개의 검기만을 막아낸 청령마단원이 벌집처럼 구멍이 뚫린 채 쓰러졌다.

"이제야 늙은이들이 움직일 마음이 생겼나 보군."

장내를 주시하고 있던 중년인이 무심하게 중얼거렸다.

그는 짙은 적색에 목 언저리만 푸른 띠가 둘러진 묘한 옷을 입고 있었는데, 그가 바로 이번 공격을 지휘하는 적존교주의 대제자 청령이었다.

청령의 눈짓에 주위에 있던 청의인 이십여 명이 일시에 허공으로 신형을 날렸다. 그들은 처음 나섰던 청령마단과는 구분되었는데, 허리를 붉은 띠로 묶었으며 검이 아닌 월아도를 차고 있었다.

그들은 일시에 주위를 쓸어가며 장로들을 향해 나아갔다.

쉬쉭! 쏴아아!

그들이 지나는 곳에 있던 무당의 제자들이 짚단처럼 무너져 내렸다. 그리고 그 뒤를 따라 청령이 느긋하게 걸음을 옮기기 시작했다.

대장로 진우자의 눈에 그 모습이 들어왔다.

눈에서 한차례 광망을 번뜩인 그가 그의 신형을 새로 등장한 적들을 향해 날렸다.

쾅!

진우자의 검과 월아도가 부딪치자 굉음을 내며 청의인이 뒷걸음질 쳤다.

"저자는 내가 맡겠다."

청령의 말에 청의인은 다른 장로를 향해 쏘아져 갔고, 그때부터 붉은 띠의 청의인들과 장로들과의 결전이 벌어졌다.

"네놈이 우두머리구나."

진우자는 한차례 허공에 검을 휘두른 후 청령을 응시했다.

"그렇소. 무당의 우두머리는 당신이겠구려."

진우자의 눈썹이 꿈틀댔다. 그의 말은 틀리지 않았다.

장문인은 능운자지만 실상 이 자리의 최고수는 진우자였다.

진우자는 침착해 보였지만 속은 그렇지 않았다.

단 한 번의 부딪침이었지만, 붉은 띠의 청의인들은 일반 장로와 수준이 비슷하거나 위로 보였다.

그들을 꺾을 수 있는 사람은 이십사장로 중에서도 자신을 비롯해 채 열 명이 안 될 것이다.

'최대한 빨리 이놈을 해치워야……'

"자신 걱정을 하는 게 더 먼저일 거요."

"건방진!"

진우자는 노호성을 터뜨리며 태자성강기를 끌어올렸다.

화악!

칠십 년에 이른 태자성강기가 일어나자 그의 전신이 그윽한 자색 연기로 뒤덮였고, 은빛이던 상문검 역시 은은한 자색으로 변해갔다.

쏴아아아!

기음과 함께 상문검이 쏘아지는 찰나, 청령의 손에는 어느새 사 척이 넘는 장검이 들려 횡으로 베어졌다.

콰앙!

두 검이 만나는 충격에 공기가 터져 나가며 흙무더기가 솟구치는 사이로 진우자의 음성이 나직이 새어 나왔다.

"흐으음……"

그의 미간이 미미하게 찌푸려져 있었다.

상대는 역시 우두머리다웠다.

팔성에 이른 태자성강기가 주입된 상문검이 맥없이 튕겨 나오지 않았는가.

그가 잠시 멈칫하는 사이 장검이 허공을 기이하게 휘저으며 덮쳐 왔다.

"감히!"

콰쾅!

그는 이 자리에서 자신의 모든 것을 꺼내놓기로 작심했다.

극성으로 끌어올린 태자성강기는 그의 전신을 완연한 자색으로 물들였고, 검과 함께 일체가 된 진우자는 도도하게 무당의 검을 펼치기 시작했다.

연신 바람에 휘날리는 진회색 도포.

그것만이 그의 움직임을 짐작케 할 수 있었다.

*　　　*　　　*

"교주님, 저들을 이렇게 보내시는 건 교의 입장으로선 큰 손해입니다."

우백과 함께 마령곡을 내려오던 사사가 넌지시 입을 열었으나 우백의 반응은 싸늘했다.

"내 앞에서 더 이상 그들을 언급하지 말게."

사사는 새삼 그의 분노가 얼마나 큰지 알 수 있었다.

사실 우희명이 살아 있다는 것도 단지 추측일 뿐 확인되지 않았으니, 이미 죽었을지도 몰랐다.

다만 교주는 이를 믿고 싶지 않은 것이리라.

"지금쯤 무당에서의 일은 시작됐겠지?"

“아마도 그럴 것입니다. 다만 다른 도움을 바랄 수 없기
에……”

사사는 말끝을 흐렸다.

원래대로라면 사대봉공 중 두 명을 함께 보낼 계획이었다.
하나 곧바로 우희명의 일이 터지는 통에 차질이 빚어졌다.

“걱정 말게. 청령 혼자서도 충분하니까. 멍청한 강호 놈
들.”

우백은 강호의 상황을 정확히 꿰뚫고 있었다.

북무림회와 남무림맹.

겉보기에는 두 단체에 의해 무림이 일사불란하게 돌아가
는 듯 보였지만, 실상은 그렇지 못했다.

다른 문파가 어려울 때 도움이야 주겠지만, 전 병력을 그곳
으로 돌리지는 못했다.

즉, 자신들 문파의 안위마저 도외시한 채 남을 돕지는 못한
단 뜻이었다.

또한 그게 아니더라도 강호는 넓고도 넓어 그 도움이란 것
이 적재적소에 이뤄지기란 지난했다.

그리고 자신들의 직접적인 문제가 아니라면 관심조차 두
지 않는 비정한 곳이 강호기도 했다.

그 예로 남무림맹은 적존교의 발호에도 아무런 반응을 보
이지 않고 있지 않은가?

강호의 힘이 하나로 모인다면 적존교라 해도 중과부적이

었다. 그럼에도 우백이 강호일통을 목표로 하는 것은 이런 강
호의 생리를 잘 알고 있었기 때문이다.

그러나…….

구대문파가 하나하나 무너지고 위기감이 고조된다면 강호
의 힘이 집적될 가능성도 충분했다.

그렇기에 우백은 단일 문파 중 가장 강하다 할 수 있는 무
당을 먼저 치기로 했고, 자신이 가장 신임하는 청령과 청령마
단을 보낸 것이었다.

횃불처럼 빛을 내던 우백의 눈빛이 어느 한순간 사그라졌
다.

"그보다 희명이가 걱정되네."

그의 목소리에서 딸을 그리는 진한 부정이 묻어 나왔다.

"소교주께선 무사하실 겁니다. 어느 누구보다 강하신 분인
데다 성천에서 그녀를 돌보고 있으니 걱정 놓으셔도 될 듯합
니다."

"그렇긴 하네만. 철딱서니없는 것 같으니."

우백은 잔뜩 찌푸린 얼굴로 고개를 저었다.

지금처럼 중요한 시기에 적을 사랑하다니 어찌 그리도 아
비의 마음을 몰라준단 말인가.

우백은 쓸쓸한 마음을 안고 마령곡을 떠났다.

*　　　*　　　*

우희명은 두 눈을 초롱초롱하게 빛내며 우자화의 말을 듣고 있었다.

한데 그녀의 눈빛에서 드러나는 감정은 죽은 줄로만 알았던 조부를 만난 데서 오는 기쁨이라기보다는 일종의 호기심이었다.

"그게 정말이에요?"

"정말이고말고. 설마하니 할아비가 네게 거짓말을 하겠느냐."

우자화가 크게 고개를 끄덕였으나, 그럼에도 우희명은 믿기지 않는다는 듯이 조그맣게 중얼거렸다.

"그 아저씨가 당고종이라니……. 그리고 성천주는 서복……."

"나도 처음엔 미친 소린 줄 알았다. 그러나 이곳에서 지내는 동안 결코 거짓이 아니라는 걸 알게 되었지."

"그럼 천주란 분이 진나라 때 사람이라는 말인데, 도대체 나이가 어찌 되는 거예요?"

"그건 나도 모른다. 그리고 네가 잘못 알고 있는데, 촌장은 진나라 사람이 아니라 그전 시대의 사람이다. 시황제가 불로초를 찾게 한 일도 그가 황제 앞에서 무심코 꺼낸 이야기가 걷잡을 수 없이 커지면서 그리되었다더구나. 결국 그 때문에 황궁에서 도망치게 되었고."

우희명은 고개를 젓다가 갑자기 생각났다는 듯 불쑥 물었다.

이는 어쩌면 가장 중요한 문제일지도 몰랐다.

"그럼 천주는 무공을 언제부터?"

"그 역시 정확치는 않다. 적어도 시황제를 만나기 전부터 알고는 있었다던데……."

"후우!"

우희명은 커다랗게 한숨을 내쉬었다.

생각하는 것만으로도 오금이 저렸다.

만약 그렇다면 성천주는 사람이 아니라 거의 신이라는 소리였다.

그쯤부터 무공을 익혔다 가정하더라도 천오백 년의 공력을 지녔다는 뜻이었으니까.

"왜 그러느냐?"

"왠지 모르게 아버지가 불쌍해서요. 할아버지 말씀이 모두 사실이라면 지금까지 아버지가 하신 일은……."

우희명이 시무룩하게 말하자 우자화가 그녀의 어깨를 토닥여 주었다.

"어쩌겠느냐, 현실이 그런 것을. 다만 그 녀석에게만은 내가 느꼈던 상심을 주고 싶지 않으니 너는 이곳의 일을 절대 말해선 안 된다. 이는 태평촌의 규율이기도 하니까."

"알겠어요."

어차피 아버지에게는 방금 전 할아버지에게 받은 신물을 보여주며 그분이 살아 있고 적존교를 해체하기를 바란다는 말만 전해주면 될 일이었다.

하나 그렇다고 해서 아버지에 대한 안타까움이 사라지는 것은 아니었다.

"검마 할아버지께서도 고생을 많이 하셨다고 들었는데."

우희명의 말에 우자화가 한차례 흠칫거렸다.

"형님께선 내가 없어진 후 어찌 되셨느냐?"

"그분은 복수를 위해 백방으로 강한 무공을 찾으러 돌아다니시다가 결국 오극신마의 비급을 얻으셨지요. 당시 할아버지께선 무척 기뻐하시며 교의 부흥은 이뤄진 것이나 다름없다며 아버지에게 그 비급을 주셨다고 해요. 그 후로도 교를 위해 애쓰시다 지금은… 고인이 되셨지요."

"그랬구나. 형님이… 이 못난 동생보다 먼저 가셨구나."

우자화는 두 눈을 지그시 감았다.

자신과 함께 천하를 굽어보던 흑천검마의 모습이 아련하게 떠올랐다.

그가 옛 추억에 잠겨 있자, 우희명이 조심스럽게 물었다.

"혹시 할아버지께서도 오극신마에 대해 아세요? 전 보지 못해 모르지만 비급에 적힌 무공은 천하를 오시할 정도라 하던데."

우자화는 눈을 떴다. 그리고 우희명을 향해 희미한 미소를 지었다.

"물론 알고 있단다."

"어때요? 그 정도라면 가능성이 있지 않나요?"

"희명아, 그 오극신마도 마찬가지야."

"……?"

우희명은 멍하니 우자화의 얼굴을 쳐다봤다.

"설마?"

"그래. 그 설마다. 그 역시 태평촌민이었다."

우희명은 이젠 기가 차지도 않았다.

도대체 어찌 된 게 천하제일의 고수들이 모조리 이곳에 있단 말인가?

그러나 문득 우자화의 말에서 이상한 점을 발견하고는 다시 물었다.

"이었다는 말씀은 지금은 아니란 뜻인가요?"

"그래. 그는 이곳에 있다 밖으로 나간 지 오래라 하더구나. 해서 나도 직접 보진 못했다."

"나갔다고요? 그런데 왜 강호에선 전혀 모르고 있죠? 소문이 났어도 진즉에 났을 듯한데."

"그거야 나도 알 수 없는 일이지. 언뜻 들은 바가 있긴 하다만, 아직 네게 말해줄 수는 없구나."

우희명은 고개를 갸우뚱거렸으나, 억지로 물을 순 없는 일이었다.

"지금쯤 극이는 뭘 하고 있을지……."

"그 녀석은 아마 호된 수련을 하고 있을 게다. 천주의 후인이 됐으니 그만한 실력을 갖추어야 하지 않겠느냐."

그러면서 그는 우희명을 그윽하니 바라봤다.

그는 오늘 처음 만났어도 우희명이 대견하게 느껴졌다.

천주의 후인인 위지극을 손녀사위로 맞이하게 됐으니 말이다.

그때 갑자기 우희명이 갑자기 물었다.

"할아버지를 뵙고 보니까 갑자기 의심이 드는데, 극이가 정말 저랑 동갑이에요?"

"어, 어, 그건 말이다……."

우자화는 당황한 기색이 가득하니 머뭇거렸다.

"말씀해 주세요. 잘 아시잖아요."

물론 우자화는 잘 알고 있었다.

위지극이 태어난 것은 그가 태평촌이 들어오고 난 후였으니. 그러나 사실대로 말해줄 수는 없었다.

"후에 그 녀석에게 직접 듣거라. 나는 괜한 미움받기 싫구나."

"미움이요?"

"아, 아니다. 어찌 됐든 그건 내가 말할 사안이 아닌 듯하니……."

그는 고개를 돌려 애써 외면했으나 뒷머리에 느껴지는 그녀의 눈빛은 여전히 따가웠다.

＊　　　＊　　　＊

무명서고에 덩그러니 혼자 남은 위지극은 천천히 주위를 둘러봤다.

반경이 십 장이 넘으니 서고가 아니라 광장이라 해도 무리가 없었다.

벽은 반질반질하게 대리석을 깎아 만든 벽돌을 머리털만한 틈새도 없이 쌓아올렸고, 위쪽으로 갈수록 좁아져 결국 반구의 형상을 이루었다.

'이렇게 만드는 데 얼마나 걸렸을까?

촌장이 직접 만들었는지, 아니면 전문적인 장인이 했는지는 모르나 강호의 건물과는 생김새 자체가 완전히 달랐고, 또한 치밀했다.

주위 쓸어보던 위지극의 눈에 한순간 이채가 떠올랐다.

그는 벌떡 일어나 벽 한곳을 올려다보다 다시 주위로 시선을 돌렸다.

'십이지(十二支)!

열두 개의 문자가 동일한 간격으로 무명서고를 둘러싸고 있었다.

그는 벽에 가까이 다가가 자세히 살폈다.

이유없이 열두 개의 문자가 새겨져 있을 리 없었다. 그러나 아무리 눈을 크게 뜨고 보아도 특이한 흔적은 발견할 수 없었다.

뭔가를 기대했던 위지극은 크게 실망해 뒤돌아서다 문득 촌장이 무명서고에 들어올 때 돌 벽에 손을 댔던 걸 기억해냈다.

'혹시?'

위지극은 촌장이 했던 것처럼 장심을 대보았다. 그러나 변화는 없었다.

'이게 아닌가?'

이곳에 들어올 때는 촌장이 가볍게 만지기만 하자 돌 벽이 스르르 옆으로 움직였는데 지금은 아니었다.

'아냐. 어쩌면……'

이곳은 촌장, 즉 무혼이 만들었다.

무혼과 반응하는 뭔가가 있기에 돌 벽이 움직였으리라.

그는 자심연도를 끌어올렸다. 그러자,

그그긍.

벽이 사각형으로 금이 가는가 싶더니 이내 천천히 회전했고, 회전하는 돌 벽 너머로 또 다른 공간이 보였다.

'그럴 줄 알았어!'

위지극은 쾌재를 부르며 안으로 들어갔다.

사방 일 장 넓이의 그곳은 그야말로 서고였다. 온통 책밖에 보이지 않았다.

들어온 방향을 제외하고 세 벽면은 각기 열 개의 단으로 나뉘어져 있었고, 거기엔 책이 가득 차 있었다.

'또 책이야?'

위지극은 밀려드는 실망감에 자신도 모르게 얼굴을 일그러뜨렸다.

지금은 느긋하게 책을 보고 있을 때가 아니었다. 밤낮으로 무공 수련을 해도 모자랄 판이었다. 그래서 수련에 도움이 될 만한 검이라도 잔뜩 있기를 바라고 있었는데 먼지만 풀풀 날리는 책이라니.

위지극은 가볍게 한숨을 내쉬고는 제일 윗단을 올려다봤다. 거기에는 종이책이 아닌 대나무를 엮어 만든 죽간만 잔뜩 있었다.

'뭐야, 이게?'

죽간을 펼쳐 본 위지극은 멍청하니 두 눈을 끔뻑였다.

거기엔 이상한 문자만 잔뜩 기록되어 있었다.

한자와 비슷하긴 한데 미묘하게 달랐다.

읽기를 포기한 위지극은 그 아랫단의 종이로 된 책을 집어 들었다. 그러나 여전히 뜻을 알 수 없는 문자로 이뤄져 있었고, 셋째 단이 되어서야 드디어 읽을 수 있는 글씨로 쓰여 있었다.

학문은 내 생각과 달랐다.

역천지신을 얻은 후 천하의 모든 학문에 통달해 보고자 했던 나의 꿈이 얼마나 어리석었는지를 이제야 깨달았다.

파고들수록 깊어지고 넓어진다.

이해되지 않는 게 늘어가고 머리만 복잡해진다.

그나마 스승님의 음양오행을 바탕으로 오진서를 만들어냈다는 데 위안을 찾는다. 이것 하나를 완성하는 데만도 이백년이 넘게 걸렸으니…….

오히려 요즘엔 무공에 더 관심이 간다.

이는 오래전에 만났던 월의 구천왕 때문이 아닌가 싶다.

위지극은 정신이 번쩍 뜨였다.

'구천왕? 검?'

구천왕 하니 가장 먼저 검이 떠올랐다.

구천의 검이라면 천하의 명검 중에서도 첫째로 치지 않는가!

그는 과연 무공 광이라 할 만했다.

사흘 내내 그에게 들은 말이라고는 무공에 관한 게 전부였으니.

당시엔 그를 이해하지 못했다. 하나 지금은 아니다.

오히려 그때 구천의 검을 직접 보지 못한 것이 한이 된다. 나의 능력이 모자라서인지 아니면 넘쳐서인지는 알 수 없으나 나의 공력을 버터내는 검이 없다.

이런 때에 그와 같은 보검이 있다면 얼마나 좋겠는가.

아무래도 시황과의 일이 마무리되면 시간을 내어 찾아봐야 할 듯싶다.

구천은 자신의 검을 무척이나 아꼈으니 죽어서도 버리지 않았으리라.

구천에 대한 이야기는 그것이 끝이었다.

책의 뒤까지 훑어보았으나 일상생활에 대한 이야기뿐 검에 대한 내용은 나오지 않았다.

위지극은 다른 책을 집어 들었다. 하지만 거기에도 특별한 건 없었다. 그렇게 세 번째 단이 지나고 네 번째 단 중간에 이르렀을 때였다.

요명이를 나 대신 동쪽으로 보냈다.

그 녀석은 항상 여행 떠나기를 원했으니 어찌 됐든 내 덕에 소원을 푼 셈이다.

그런 주제에 어찌나 가기 싫다고 말이 많던지 입을 콱 틀어막아 땅속에 묻어버리고 싶기도 했다.

이제 나를 찾는 사람은 없을 것이다.

적어도 요천이가 불로초를 찾아 돌아오지 않는 이상은.

하지만 불로초는 내가 만들어낸 상상의 물건이니, 적어도 앞으로

백 년간 나를 찾는 사람은 없을 것이다.

이제 검을 찾을 시간이 생겼다.

구천왕 무덤의 위치는 이미 알고 있으니 쉬운 일이리라.

그 뒤로 한동안 여행을 떠나는 중간 과정이 지겹게 기술되어 있었다.

위지극은 참지 못하고 책장을 촤르르르 뒤로 넘겼다.

빌어먹을. 빌어먹을.

무덤의 위치가 분명한데 눈을 씻고 찾아봐도 없다.

대신 거대한 장원이 들어서 있다.

위치상 후원쯤이 예전의 구천의 무덤이 아닐까 싶다.

생각 같아서는 당당히 들어가 땅을 뒤집어엎고 찾아오고 싶지만, 그러면 장원의 사람들이 놀랄 것이다. 그렇다고 해서 깡그리 죽일 수도 없다. 인명은 소중하니까. 나는 시황과 다르니까.

젠장할…….

안타까움에 바닥을 구르고 있는 촌장의 모습이 머릿속에 그려졌다.

위지극은 터져 나오려는 웃음을 참으며 책장을 넘겼다.

드디어 찾아냈다.

무려 사흘이 걸렸다.

장원 사람들을 나의 신묘한 음양술로 매료시키고, 땅을 뒤엎어야 더욱 흥한다고 하자 흔쾌히 승낙했다.

실상 버르장머리없는 둘째 딸을 빨리 시집보내야 복이 굴러들어 오는 꿰였지만 말이다.

구천의 검.

과연 명검이다.

나의 모든 공력을 쏟아부었음에도 부서지기는커녕 더욱 단단해진 느낌이다.

옛 친구에겐 미안하지만 이 검은 살아 있는 내가 사용하는 것이 더 좋으리라.

대신 그 친구에겐 얼마 전에 구한 나의 검을 안겨주었으니 그나마 위안이 된다.

비록 싸구려긴 하지만…….

후에 나의 검을 구천의 검이라 믿을 자가 나올지도 모르겠지만 그건 나와 상관없는 일이다. 그자 스스로 자신의 복이 없음을 탓해야 할 일이다.

'찾았구나!'

위지극은 촌장이 구천의 검을 이곳 어딘가에 두었으리라 확신했다.

촌장의 집에서 자기도 했지만, 검은 그림자조차 보지 못했다.

벌떡 일어난 위지극은 책을 대충 집어넣고 밖으로 나가더니 바로 옆 축실(丑室) 벽에 장심을 대고 선천칠기를 끌어올렸다.

예상대로 문이 열리자, 위지극은 뛰다시피 안으로 들어갔다. 그러나…….

그곳도 처음의 자실(子室)과 마찬가지로 책만 그득했다.

위지극은 생각할 틈도 없이 옆의 인실(寅室)에 들어가려 공력을 끌어올렸다.

"어?"

웬일인지 문은 꿈쩍도 하지 않았다. 몇 번을 다시 해봐도 마찬가지였다.

그러다 선천칠기를 넘어 만해구인의 연자팔기가 막 일어날 때였다.

그그그긍.

문이 열리기 시작했다.

순간 위지극의 고개가 모로 비틀렸다.

'뭐지?

왜 자실과 축실은 선천칠기로 열리고 인실은 연자팔기로 열렸을까?

위지극은 잠시 턱을 만지작거리다 묘실로 가서 연자팔기를 끌어올린 채 손을 댔다. 역시 열렸다.

그리고 그 다음인 진실 앞에선 위지극은 침을 한 번 삼키고
는 손을 댔다.

'역시!'

벽은 연자팔기에 반응하지 않았다.

위지극의 양어깨가 축 처졌다.

이제야 이곳에 있는 열두 개의 방이 어떻게 작동되는지 깨
달았다.

선천칠기는 혼원무혼검법의 초반 세 초식을 익히는 데 필
요했다.

그리고 연자팔기는 그 뒤 세 초식을 익히는 데 필수였다.

혼원무혼검법은 총 십팔 초식.

이렇게만 진행된다면 총 여섯 단계의 무혼심결을 익혀야
만 모든 초식을 펼칠 수 있다는 말이 된다.

그리고 무명서고의 열두 개의 밀실. 이는 방금 확인한 바와
같이 한 단계에 두 개의 방만 반응한다.

그러니 연자팔기 뒤 단계를 익히지 못하는 한 다른 밀실엔
들어갈 수 없다는 뜻이었다.

위지극은 혹시나 하는 마음에 인실과 묘실을 둘러봤지만
책만 잔뜩 쌓여 있자 커다란 한숨을 내쉬었다.

'구천의 검이 없으면 쓸 만한 검이라도 몇 개 놔두시지.'

검이 없었다. 이전에 쓰던 검은 무당산에서 가져오지 않았
다.

그리고 의식을 찾자마자 촌장을 만나 곧바로 이곳으로 인도되었으니 또 다른 검을 챙길 틈도 없었다.

위지극은 촌장에게 가볼까 생각하다가 이내 마음을 돌려 염상천을 찾기로 했다. 무슨 이유에서인지 촌장은 쉽게 검을 내주지 않을 듯해서였다.

그는 터덜거리는 걸음으로 지상으로 올라왔다. 그리고 고개를 든 순간 우뚝 멈춰 섰다.

그의 눈빛이 한차례 크게 흔들렸다.

"어머니……."

위지령이 팔짱을 낀 채 그를 노려보고 있었다.

"네가 무공을 익히더니 이제 보이는 게 없구나."

그녀의 음성은 얼음장처럼 싸늘했다. 그러나,

눈빛만큼은 세상의 무엇보다도 다정했다.

서서히 위지극의 입가에 미소가 떠올랐다.

"어머니!"

위지극은 후다닥 달려가 그녀를 와락 끌어안았다.

이제는 모든 것을 알았다.

자신의 아버지가 누군지, 그리고 어머니가 어떤 이유로 태평촌에 들어오게 됐는지.

얼마나 고생하셨겠는가?

얼마나 힘들었겠는가?

"이 녀석이 대체 왜 이래?"

위지령은 빠져나오려 힘을 썼지만 소용없었다.

위지극의 힘은 이전과는 달랐다.

아니, 육신의 힘 그 이상의 것이 위지극의 팔과 가슴엔 담겨 있었다.

결국 위지령은 포기했다

대신 슬며시 미소 지으며 위지극의 머리를 천천히 쓰다듬었다.

"대충 말은 들었다. 그동안 고생했구나."

"아니에요……."

"그래그래. 그럼 이제 저녁 들러 가자꾸나. 네가 좋아하는 닭을 고아놨다."

위지극은 고개를 번쩍 치켜들었다.

"그리고 그 이후엔 며느리가 될 아이 얼굴도 좀 보고."

이어지는 위지령의 말에 위지극은 빙긋 웃었다.

어머니의 말이 맞았다.

아무리 연공이 급하다지만 그보다 중요한 것이 남아 있었다.

第五十二章
만년적옥(萬年赤玉)

처음 강호에 모습을 드러낸 청령마단은 강했다.

무당파의 일대제자와 이대제자의 삼분지 일이 그들에게 당했다.

그리고 그들의 우두머리인 청령의 무위는 더욱 놀랍고도 무서웠다.

대장로 진우자가 극성의 태자성강기를 끌어올려 대항했으나, 오십 초 만에 결국 청령의 장검에 목이 잘리고 말았던 것이다.

무당파의 모든 사람들은 경악했다.

진우자가 누구인가?

자타가 공인하는 무당파 최고수가 아니던가.

그런 그가 채 오십 초를 넘기지 못하고 죽임을 당하다니…….

그가 죽자 상황이 더욱 어렵게 돌아갔다.

청령을 상대하기 위해서는 적어도 두 명 이상의 장로가 힘을 합쳐야만 했으나 그러기가 쉽지 않았다.

뒤늦게 전장에 합류한 붉은 띠의 청의인들은 개개인의 무위가 장로에 필적하여 마음먹은 대로 몸을 빼낼 수 없었던 것이다.

장로 급 중에 남은 사람은 오직 하나, 장문인 능운자밖에 없었다.

청령은 능운자를 노리고 신형을 날렸다.

그만 죽으면 무당은 끝이나 다름없었다.

그의 신형이 능운자에 거의 다다랐을 때였다. 갑자기 창천을 울리는 굉음과 함께 거대한 도가 허공으로부터 떨어져 내려 그의 앞길을 막았다.

그 뒤를 따라 능운자 앞에 내려선 거구의 노인!

그는 소유아의 사부이자 삼황 중 하나로 칭송받는 도황 서문평이었다.

서문평은 말없이 땅에 박혀 있던 자신의 대도를 뽑아 벼락처럼 휘둘렀다.

청령은 도황을 맞아 십여 초를 버텼다.

　아무리 진우자를 꺾은 그였지만, 도황의 패력을 막기에는 역부족, 십 초가 넘어가면서부터 손발이 어지러워지더니 결국 가슴에 커다란 도상을 남긴 채 물러섰다.

　도황의 등장으로 꺼져 가던 무당제자들의 사기가 되살아났다.

　단 한 명으로 인해 전세가 순식간에 역전되었다.

　어쩌면 당연했다. 그는 다름 아닌 도황이었으니 말이다.

　청령은 사태가 어려워졌음을 느끼고 퇴각을 명령했다.

　무당파의 제자들은 그들을 쫓지 않았다. 아니, 쫓지 못했다. 이미 그러기에는 자신들이 입은 피해가 막대했기 때문이다.

　그렇게 적존교의 무당파 급습은 절반의 성공만을 거둔 채 끝이 났다.

＊　　　＊　　　＊

　"면목없습니다, 사부님."

　우백 앞에 무릎 꿇은 청령이 고개를 떨어뜨렸다.

　"도황이 나섰다면 너로서도 무리였겠지."

　"……."

　"고개를 들어라."

　청령은 이를 부서져라 다물며 우백을 올려다봤다.

"그래, 말해보아라. 그는 어땠느냐?"

이어지는 우백의 물음에 청령의 뺨이 한차례 씰룩였다. 눈빛은 무저갱처럼 깊게 가라앉았다.

"제자로선 십여 초가 한계였습니다."

그의 음성에서는 패배에 대한 분노가 짙게 묻어 나오고 있었다.

"십여 초라……. 도황이 그 정도였군."

"무당은 약했습니다."

도황만 아니었다면 충분히 무당을 괴멸시킬 수 있었다.

그리 생각하는 청령이었으나, 우백은 고개를 저었다.

"네 말은 틀렸다. 무당은 약하지 않아. 강호에는 진우자가 최고수로 알려져 있지만, 실상 그렇지 않다."

"무슨 말씀이십니까?"

"그렇지 않은가, 사사?"

"교주님의 말씀이 옳습니다."

청령이 의아한 눈빛으로 사사를 돌아봤다. 대신 말해보라는 듯이.

"청령께서도 들어봤을 것입니다. 적도평(嚁度萍)이라고."

"검황!"

청령이 크게 놀라 소리쳤다.

어찌 삼황 중 첫째로 일컬어지는 검황을 모르겠는가.

"하면 그가?"

“그렇습니다. 그가 바로 무당파의 최고수지요.”

“검황이 무당파라는 이야기는 처음 듣소만. 어찌 된 일인지 말해줄 수 있겠소?”

검황은 그의 이름처럼 부평초처럼 떠도는 인물이었다.

그는 비록 검황이란 칭호로 불리지만 강호에는 적도평의 신분에 대해 알려진 바가 없었다.

어쩌면 그의 이름조차 진짜가 아닐지도 몰랐다.

그럼에도 그가 검황으로 불리는 까닭은 전대 검황이었던 대천검협 낙수양이 검으로 그에게 졌다고 강호에 대대적으로 공표했기 때문이다.

그런 그가 무당파의 제자였다니.

대장로 진우자를 꺾은 청령으로서는 놀랄 수밖에 없는 사실이었다.

“그는 전대 무당 장문인의 사제라 할 수 있지요. 그러나 어떤 불미스러운 일로 무당을 떠날 수밖에 없었다 합니다. 그것이 무엇인진 모르나 그 일 이후로 그는 도호를 버리고 적도평이란 이름을 썼으며, 이후엔 청령께서도 아시는 바와 같이 낙수양을 꺾고 검황이 되었습니다.”

“도무지 이해되지 않는구려.”

“어떤 점에서 그렇습니까?”

“생각해 보시오. 당대의 검황을 꺾을 정도의 고수가 문파의 제자라면 무당파로서는 당연히 밝히지 않았겠소? 강호에 잘 알려졌을 테고 말이오. 소림을 누르고 천하제일문파가 될 기회일 터인데 그런 좋은 기회를 버렸다는 게 나로선 도통 이해되지 않소.”

“사정이 있었겠지요.”

“게다가 또 한 가지 궁금한 게 있소.”

“말씀하시지요.”

청령은 기이한 눈빛으로 사사를 쏘아보며 물었다.

“강호의 아무도 모르는 검황에 얽힌 비사를 어떻게 그대가 알고 있나 하는 것이오.”

사사의 어깨가 미미하게 떨렸다.

검은 천으로 전신을 가리고 있기에 그의 얼굴을 확인하진 못했지만, 청령은 그가 웃고 있음을 알았다.

“뭐가 그리 우습소?!”

평소 사사에게 좋은 감정을 가지고 있지 않던 청령은 버럭 소리쳤다.

그럼에도 사사의 떨림은 멈추지 않았고, 그가 다시 뭐라 소리치려 할 때 우백이 입을 열었다.

“그건 사죽림에서 알려줬기 때문이다.”

“사죽림이…….”

“그래. 사죽림은 무슨 재주가 있어서인진 모르겠으나, 강호의 비사에 능통하더구나.”

우백은 우습다는 듯 코웃음을 치며 말을 이었다.

"그들이 가진 재주라야 그런 것밖에 없겠지. 쥐새끼 같은 놈들."

청령은 순간 의아했다.

자신의 사부는 사죽림을 딱히 좋아하진 않았으나 그렇다고 해서 쥐새끼라 칭할 정도로 싫어하지도 않았다.

"너도 알아두거라. 사죽림과는 이미 인연을 끊었으니 이제부터는 그들을 조력자라 생각지 말아라. 아니지, 오히려 적이라 해야 옳겠구나."

우희명이 어떤 일을 당했는지 소식을 듣지 못한 청령은 영문을 몰랐으나, 사부가 그리 결정했으면 그것으로 끝이었다. 자신은 따르기만 하면 되었다.

"제자, 명심하겠습니다."

*　　　*　　　*

무당에 변고가 있고 난 후 강호는 긴장했다.

적존교의 교주도 아니고 일개 수하에게 진우자가 죽임을 당했으니 당연한 일이었다.

북무림회에서는 급히 최고 수뇌 회의를 열었고, 명문 정파의 중지를 모아 무당의 일을 수습하는 한편 대책을 세우는 데 분주했다.

그러나 대책을 마련하는 일은 결코 쉽지 않았다.

무인들을 새로이 모을 수 없었다.

북무림회에 상주하고 있는 무인들이야 그렇다 치더라도 적존교에 대항하기 위해서는 보다 큰 힘이 필요했는데, 문파들의 협조는 미미하기만 했다.

이유는 뻔했다.

무당을 쳤다는 것은 구대문파 중 어느 곳도 안전하지 않다는 뜻. 자신들이 몸담고 있는 문파가 언제 위험에 처할지 모르는데 남을 돕기 위해 많은 인력을 내놓는다는 것은 쉬운 일이 아니었다.

결국 북무림회는 미흡하지만 만해원의 일부와 광사원 사현각의 무인 중 칠 할을 무당에 보내는 것으로 일을 마무리 지었다.

금산청은 위도곡 등과 이야기를 나누다가 도황이 방에 들어오자 벌떡 일어섰다.

"도황 어르신."

"앉아 있거라."

도황이 손을 저어 만류하자 갑자기 소유가 그의 품에 뛰어들었다.

"사부님!"

"허허, 못 본 지 며칠 되지도 않았는데 그사이 홀쭉하게 말라 버렸구나."

그는 소유아의 어깨를 쓰다듬으며 말했다.

"어르신의 도움이 아니었다면 무당파와 저희 모두 큰 낭패를 볼 뻔했습니다. 감사드립니다."

"고맙다는 말은 이미 수차례 들었으니 이제 그만하여라."

무당의 장로들과 회의를 마치고 돌아온 그였기에 금산청은 더 이상 뭐라 말 못하고 자리에 앉았다.

"너희들이 무사하니 다행이긴 하다만, 무당파의 희생이 너무 컸어. 회주가 조금만 더 일찍 말해주었다면 줄일 수 있었을 터인데."

북무림회에서 입수된 정보의 진위를 판가름한답시고 시간을 지체했던 게 결국엔 큰 희생으로 연결되었으니 그로서는 안타깝기만 했다.

금산청 등은 그의 말에 침통한 표정을 지었다.

자신들 역시 북무림회의 일원이었다.

게다가 미리 무당파에 와 있었으면서도 큰 도움이 되지 못했다.

한참만에야 금산청이 입을 열었다.

"이번엔 회주께서 충분한 인원을 보내주시겠지요."

"큰 기대는 하지 말거라."

"……?"

"시간이 지나면 알게 될 게다. 그보다 과연 적존교 놈들이 다시 올지 모르겠구나. 내 생각엔……."

"무당을 다시 공격하지 않으리라 보십니까?"

"적어도 당분간은 그러리라 본다."

"특별한 이유라도 있습니까? 가르침을 주십시오."

"가르침이라 할 것도 없다. 그 우두머리란 놈이 부상을 당했으니까."

"네?"

금산청이 보기에 적의 우두머리는 도황과 몇 수 주고받고는 바로 도주한 것으로 보였는데, 설마 그 짧은 사이에 부상을 당했단 말인가?

"그놈, 적어도 두어 달은 요양해야 할 게다. 보아하니 자존심이 무척 강해 보이더군. 그러니 직접 찾아오기 위해서는 아무래도 시간이 걸리지 않겠느냐. 그게 아니라면 교주가 와야 할 텐데, 그놈은 지금까지 한 번도 육문산을 벗어나지 않았으니 말이다."

금산청은 새삼스레 도황의 무위가 얼마나 가공할 만한 것인지를 깨달았다.

대장로를, 검하고 혼으로 만든 자를 그 꼴로 만들 수 있는 사람이 천하에 몇이나 되겠는가.

강호에서 황이란 칭호를 받는 무인들.

그들의 무위는 과연 자신의 실력으로 쉬이 짐작할 수 없는 것들이었다.

도황은 그들에게 몇 가지 더 당부의 말을 남기고 돌아갔다.

금산청 등은 조마조마하는 마음으로 적존교의 재침입을 염려했다.

그러나 도황의 예측이 정확했던 것일까?

적존교는 그 일 이후로 무당산에 모습을 드러내지 않았고, 시간은 흘러갔다.

*　　　*　　　*

후으으으응.

스스슷.

기묘한 소리가 무명서고를 맴돌았다.

이는 위지극의 머리 세 치 위에서 영롱하게 오색으로 빛나는 광채로부터 뻗어 나온 것이었다.

오색 광채는 위지극의 숨을 따라 몸 안으로 들어갔다가 다시 머리 위로 솟구쳤고, 전신을 가득 덮었다가 일 장 밖으로 뻗치기도 했다.

역천지석 위에 가부좌를 틀고 앉은 위지극은 이를 즐기기라도 하듯 평화로운 신색이었다.

그러던 어느 순간,

쉬아아악!

어느새 사 장에 이르도록 넓게 펼쳐져 있던 오색 광채가 빠른 속도로 위지극을 향해 모여들었고, 그의 백회혈을 통해 몸

안으로 사라졌다.

정적이 흘렀다.

위지극의 숨소리도, 무명서고를 가득 메우던 기음도 자취를 감췄다.

그렇게 얼마나 시간이 흘렀을까.

위지극의 눈이 서서히 떠졌다.

짧은 순간 오색 광채가 눈 안 깊은 곳에서 번쩍이다 사라졌다.

'오혼개천(五魂蓋天)이라…….'

무혼심결 오단공 오혼개천!

위지극의 입가에 희미한 미소가 어렸다.

다섯 개의 혼이 하늘을 뒤덮는다는 게 이런 기분인가 싶었다.

정신은 맑아지고, 진기는 더욱 부드러워졌다.

삼단공인 낙일아월(落日我月)도 놀랍도록 유했으나 그보다 배는 더했다.

단단하기가 금석과 같았던 사단공 천뢰금장(天雷金牡)과는 완전히 다른 성질이었다.

'그나저나 나도 꽤 대단한걸.'

그는 히죽 웃었다.

이단공에서 삼단공으로 넘어가기는 꽤나 진도가 더뎠다.

그러나 삼단공에서 사단공, 그리고 오단공까지는 단숨이

라 할 정도였다.

그에 따라 펼칠 수 있는 혼원무혼검법도 모두 열두 초식이 되었다.

이제 남은 건 단 여섯 초식. 이대로라면 모두 익히는 데 큰 시간이 걸리지 않을 듯싶었다.

위지극은 기지개를 쭈욱 펴고는 자리에서 일어나 주위를 걷다가 아홉 번째 방인 신실(申室) 앞에서 멈췄다.

그리고는 고개를 설레설레 저었다.

'여기도 없겠지?'

크게 기대되지 않았다.

자신이라면 아마도 구천의 검을 열두 번째 마지막 방에다 넣어두었을 테니까.

처음부터 예상하긴 했지만, 지금까지의 여덟 개 방은 모두 책만 가득했다.

그러니 아홉 번째 방이라 해서 특별할 게 있겠는가?

'아무리 그래도 확인은 해봐야겠지?'

오혼개천에 따라 문이 열렸다.

"어?"

그리고 안에 들어선 위지극은 눈을 크게 떴다.

"뭐야, 이게?"

그곳엔 단 한 권의 책도 없었다.

대신 중앙에 위치한 자그마한 탁자 위에 자단목으로 만든 궤가 놓여 있었다.

후다닥 뛰어가 궤를 열자 안에서 엄지손가락 끝만 한 붉은 구슬과 종이가 한 장이 나왔다.

운이 좋았다.

곤륜산 이백 장 지하에서 둥지를 틀고 있는 그놈을 찾아낸 것은.

십 년 만 늦었어도 곤륜산은 형체없이 사라지고 천하는 큰 위기를 맞이했으리라.

하지만……. 힘들었다.

때려잡는 데만 칠 주야가 걸렸다.

그 칠 주야 동안 나의 천 년 공력은 바닥을 드러냈고, 곤륜산의 정기가 모조리 메말랐다.

다행히도 내가 그놈보다 뛰어나 곤륜의 정기를 다량 흡수할 수 있었기에 망정이지 그렇지 않았다면 일생일대의 위험에 처할 뻔했다.

역천지신이라 할지라도 그놈에게 패한다면 다시 살아난다고 보장할 수 없으니.

때려죽인 이후 축 늘어진 그 질긴 놈을 열두 조각을 내어 제를 지내는 데 다시 팔 주야가 걸렸다.

그 지긋지긋한 짓을 하고 나서 얻은 것이 겨우 이거다.

정말 빌어먹을 놈이지 않은가?

오 장이나 되는 덩치를 가졌으면서 겨우 이만한 내단을 내놓다니 말이다.

극락왕생하긴 애당초 틀려먹은 놈이었다.

그 뒤로는 모조리 욕이었다.

구구절절하게 이어지는 촌장의 욕이 한참 동안 지속되고 나서야 제일 마지막에 구슬의 이름이 적혀 있었다.

만년적옥(萬年赤玉).

위지극은 피식 웃음을 토해냈다.

어지간히도 지치긴 했었나 보다. 거창한 이야기와는 달리 이름은 참으로 단순하지 않은가?

'그런데 이건 어디다 사용하는 거지?'

먹는 걸까, 아니면 따로 내단에서 진기를 뽑는 구결이 있는 걸까?

어찌 됐든 귀중한 것만은 틀림없었다.

그는 만년적옥을 주머니에 넣어 조심스럽게 갈무리한 후 다음 방으로 건너갔다.

그러나 뭐 또 신기한 게 없나 잔뜩 기대하고 있던 위지극은 가득히 쌓여 있는 책을 보고는 실망만을 안은 채 밖으로 나왔다.

긴장이 풀어져서일까? 갑자기 허기가 몰려오기 시작했다.

오전에 할 일은 십분 완수했으니 굳이 참을 필요가 없었다.

위지극은 서고를 나와 집으로 향했다.

“극아, 수련은 잘돼가냐?”

누군가의 목소리가 들린 것은 그가 막 마을에 들어섰을 때였다.

위지극이 걸음을 멈추고 보니 벼를 베던 이염이 허리를 두드리며 웃고 있었다.

“아! 아저씨!”

위지극은 반색을 하며 그를 향해 뛰어갔다.

“어, 어? 너 왜 그래?”

이염이 흠칫하며 뒤로 몇 걸음 물러섰다.

위지극은 그 앞에서 거친 숨을 몰아쉬었다.

“가르쳐 주세요.”

“뭐를?”

위지극이 눈을 가늘게 떴다.

“알면서 그렇게 모른 척하기에요?”

“이놈아, 모르니까 묻지.”

“아저씨의 별호가 비천광마라면서요?”

순간 이염이 당혹스런 표정을 지었다.

“촌장님이 그러시더냐?”

위지극은 고개를 크게 끄덕였다.

“지난번에 무혼심결에는 왜 경공이 없냐고 묻자, 아저씨에게 가보라 하셨어요. 천하제일의 신법을 가지고 있다 하시면서.”

“허, 거참 촌장님도…….”

이염은 머쓱하게 웃었으나, 그 미소에는 자부심이 가득 담겨 있었다.

“그러니 가르쳐 주세요.”

“나의 신법은……. 아니, 이럴 게 아니라 저녁때 우리 집으로 오거라. 그때 이야기해 주마.”

위지극은 그러겠다고 대답했다.

당장 가르쳐 달라는 듯이 말하기는 했지만 허기가 절정에 달한 위지극 역시 이는 무리라 생각하는 참이었다.

그날 저녁. 오후 수련을 끝마친 위지극은 약속대로 이염을 찾았다.

“왔느냐?”

마침 저녁 식사를 끝내고 식기를 씻고 있던 이염은 반가운 얼굴로 위지극을 맞이했다.

그는 물 묻은 손을 털어내고는 위지극과 함께 방에 들어가 마주 앉았다.

“신법이 배우고 싶다고?”

“그렇습니다.”

위지극은 앉은 자세였지만 정중히 허리를 숙였다.

말투도 어느새 어른의 그것처럼 점잖게 변해 있었다.

위지극은 자신이 어리지 않다는 사실을 알고 난 후로는 의

식적으로 말투에 신경 썼다.

그러나 지금까지의 버릇이 있는지라 쉽지는 않았고, 오랫동안 봐오던 마을의 어른들 앞에선 더욱 그랬다. 항상 어리광만 피우는 그였으니.

이에 이염이 가볍게 웃으며 대꾸했다.

"그리 예 차릴 필요 없다. 어차피 한식구 아니더냐. 괜히 나만 어색해져. 그리고 너에겐 딱딱한 말씨가 어울리지 않아."

"어찌 그럴 수 있겠습니까. 오늘부로 사부와 제자 사이가 되었는데요."

"사부? 내가?"

"당연하지 않겠습니까."

"당연하지 않다. 너의 사부는 촌장님 한 분이야. 그분이 가르치신 것에 비하면 나의 신법은 하찮은 잔재주에 불과하거든."

위지극은 한차례 고개를 갸웃했다.

물론 무혼심결과 혼원무혼검법이 뛰어나긴 했다.

그러나 지난날에 보았던 그 놀라운 신법을 하찮은 재주라고 하다니.

"그건 아니라고 생각해요. 어쩌면 촌장님과 아저씨가 겨룬다고 해도 승부는 나지 않을 듯한데."

"뭐야?"

이염이 대경하여 되물었다.

"그렇잖아요. 촌장님은 신법이 없으니 아저씨가 마음먹고 도망치면 어떻게 잡아요? 그러니 무승부나 다름없죠."

위지극은 의기양양하게 말했다.

그러나 뭔가 잘못됐다는 사실을 깨닫는 데는 그리 오랜 시간이 걸리지 않았다.

이염이 어처구니없다는 눈빛으로 자신을 쳐다보고 있지 않은가?

"제가 틀렸나요?"

"틀렸다. 그것도 아주 많이. 첫째로! 촌장님이 신법을 모르시기에 나보고 가르치라고 한 게 아니다. 가르쳐 봐야 네가 펼칠 수 없기 때문이야."

"네?"

"그분의 신법은 우리와 같은 범부는 절대 펼칠 수 없다. 왜냐하면 막대한 공력이 소모되기 때문이지. 나도 자세히는 모른다. 그러나 일전에 촌장님과 신법에 관해 이야기를 하다가 들었는데 적어도 천오백 년의 공력이 필요하다더구나. 그러니 너에게 가르쳐 줘봐야 소용없는 것 아니겠느냐?"

위지극은 입이 떡 벌어지려 했다.

무슨 그런 말도 안 되는 무공이 있는가.

"그리고 두 번째! 나는 촌장님 앞에서 신법을 펼칠 수 없다."

“그건 또 무슨 뜻이에요?”

“말 그대로다. 내가 처음 촌장님을 만났을 때 이야기를 들으면 아마 이해가 될 거다. 당시 무공이 나보다 뛰어난 자는 몇 있었지만, 신법에 있어서만은 가히 천하제일이었다. 해서 거칠 것이 없었다. 말썽도 많이 피웠지. 천하란 넓어서 나보다 뛰어난 그 몇 명을 만나기도 쉽지 않았거니와, 설령 만난다 해도 방금 전 네가 말한 대로 도망치면 되는 거였거든. 그러니 겁날 게 없었지. 그러던 어느 날이었다.”

그는 그때의 일을 생각하자 침이 마르는지 물을 한 모금 들이키고는 다시 말을 이었다.

“그날도 거하게 말썽을 피우고 돌아오는 길에 목이나 축이러 주점엘 들렀다. 그런데 입구에 들어서자마자 나를 바라보고 있는 한 사람을 발견했다. 왜소한 체구에 비루한 꼴을 한 노인이었지. 그와 눈을 마주하는 순간 난 숨이 턱하니 막혀왔다.”

“그분이 촌장님이셨군요?”

“맞다. 난 그 순간을 결코 잊을 수 없다. 강호에서 다섯 손가락 안에 드는 나인지라 두려워할 필요가 없는데도 전신이 뻣뻣이 굳었다. 본능이 어서 도망치라고 쉴 새 없이 말하고 있을 때 노인이 자리에서 일어나며 자신을 따라오라 했다. 나는 따를 수밖에 없었다. 거역하면 그 눈빛에 죽을 것만 같았다.”

"그래서요?"

"그렇게 백여 장을 걸어 인적이 드문 길에 들어섰을 때에야 나는 정신을 번쩍 차렸다. 그리고 냅다 노인의 뒤통수를 향해 장력을 날렸다. 후후후. 결과가 어땠을 것 같으냐?"

위지극은 호기심이 이는지 반짝이는 눈으로 대답했다.

"일 검에 장력이 쪼개지지 않았나요? 혼원무흔검이라면 어렵지 않을 듯한데."

순간 이염은 인상을 찌푸렸다.

자신의 장력을 위지극이 너무 쉽게 생각하자 자존심이 상한 듯했다.

"어렵지 않다라… 참고로 나의 와혼신장(瓦魂神掌)은 당대 최고 명도였던 마륵도(魔肋刀)를 깨부순 적도 있었다. 그러니 모르긴 몰라도 제대로 적중했다면 촌장님도 무사하진 못했을 거다."

"아! 그럼 아쉽게도 빗나갔군요."

"틀렸다."

"그게 아니라면 검에 막혔군요? 쾅! 하는 굉음을 내며."

"또 틀렸다."

이번엔 위지극이 미간을 찌푸렸다.

"그럼 어떻게 된 건데요?"

이염이 묘한 미소를 지으며 대답했다.

"어이없게도 말이다, 장력은 내 손을 떠나지 못했다. 정확히 말하자면 미친놈처럼 허공에 헛손질한 꼴이었지. 뿐만 아니라 그 순간을 기점으로 내력이 흩어졌다.”

“산공독!”

“나도 그렇게 생각했다. 그래서 소리쳤지. 비겁하게 독을 사용하느냐고. 그랬더니 촌장님이 말씀하셨다. 그건 독 따위가 아니라 무공이라고 말이야.”

“그런 무공도 있나요?”

“그때는 몰랐다, 후에 조르고 졸라 겨우 그게 이흠진결이라는 사실을 알아냈지만. 어찌 됐든 이제 알겠느냐? 그분 앞에선 신법을 펼칠 수조차 없으며 나의 재주가 하찮다는 내 말의 뜻을.”

“으흐음. 잘 알았어요. 그래도 아저씨의 신법을 하찮다고 할 순 없어요. 그건 촌장님이 너무너무 대단해서 그런 거니까.”

위지극이 빙긋 웃으며 말하자 이염 역시 따라서 미소 지었다.

“정 그리 생각한다면야 나로서도 고마운 일이지.”

이윽고 이염은 신법의 기본적인 개념부터 차근차근 설명했고, 그렇게 위지극은 그의 성명절기인 광천비영을 배우기 시작했다.

*　　　*　　　*

무당파는 과연 오랜 전통을 지닌 명문 정파였다.

무당파가 위험에 처했다는 소문이 돌기 시작하자 강호에 퍼져 있던 기명제자뿐만 아니라 무기명제자까지 줄줄이 무당산으로 몰려들었다.

약관에 이르지 못한 청년들부터 육십이 넘은 노인에 이르기까지 나이의 구분 없이 인산인해를 이루었다.

거기에 무당과 연이 있는 강호의 무인들이 더해졌다.

그렇게 모인 인원만 무려 이천.

북무림회의 무인들까지 헤아리면 그 수는 더욱 늘어났다.

많은 사람이 모이게 되자 실력 고하를 떠나 사기가 충천했다.

하지만 적존교의 습격은 더 이상 없었다.

그렇게 몇 달이 흘러가자 의기로 뭉쳤던 이들도 하나둘 떠나가기 시작했다.

무당파는 그들이 떠나는 것을 말리지 않았다.

다들 자신들의 사적인 일이 있음을 알기 때문이다.

이에는 북무림회도 예외가 아니었다.

적이 없는 상태에서 언제까지나 무당에 머무를 수는 없는 법.

결국 본단으로부터 사현각의 일부만 남고 인청각원과 해사원은 귀환하라는 명이 떨어졌다.

무당파의 첫 번째 현판이 걸려 있는 무당산 초입에 다다른 이십일조원들은 도황을 향해 깊숙이 허리를 숙였다.

"그동안 감사했습니다."

"너희들이 고생했지. 나는 너희들하고 잠시 논 것뿐이었다."

금산청이 가벼운 미소를 지으며 다시 허리를 숙였다.

도황은 놀았을 뿐이라 말했지만, 이십일조원들의 입장에선 아니었다.

기연이라 할 만했다.

무당산에 머무는 몇 달 동안 도황은 하루도 빠지지 않고 이십일조원들의 무공을 봐주었다.

만류귀종이라 했다.

도황이 비록 금산청이 몸담고 있는 종남파나 위도곡의 공동파 무공을 익히진 않았지만, 그의 지적은 항상 정확하고 날카로웠으며 또한 적절했다.

금산청 등은 시간이 지날수록 일취월장했다.

그중에서도 가장 크게 실력이 향상된 사람은 혁조영과 소유아였다.

소유아야 도황이 자신의 사부였으니 당연했으나, 혁조영이 성취를 이룬 것은 모두에게 뜻밖의 일이었다.

하나 이는 당연했다.

도황은 검제 혁우상과 비무를 종종 하는 사이였던 것이다.

때문에 높은 경지에 이른 혁우상의 천향검법을 몸소 겪은 도황은 혁조영에게 많은 가르침을 줄 수 있었다.

"사부님은 계속 여기 계실 거예요?"

"왜? 함께 가고 싶으냐?"

"당연하죠."

"하하하! 이 귀여운 것!"

도황은 소유아를 번쩍 안아 들었다.

"오래 있진 않을 게다. 여기 일이 마무리되면 곧장 북무림회로 찾아가마."

"꼭 그러셔야 돼요?"

"암. 그러고말고."

도황은 그녀를 내려놓고는 금산청을 돌아봤다.

이별은 짧을수록 좋았다.

"유아야, 가자꾸나."

금산청의 말에 소유아는 가볍게 눈을 흘기고는 도황에게 작별을 고했다.

금산청 일행은 무당산을 출발한 지 이틀이 지나 낭금에 다다랐다.

낭금은 그렇게 큰 마을은 아니었지만, 풍광이 멋스럽고 아름다워 많은 시객이 찾는 곳이었다.

날이 뉘엿뉘엿 저물어가자 위도곡이 한곳을 가리켰다.

"오늘은 저기서 쉬는 게 어떨까요?"

금산청이 바라보니 무랑객잔이라 쓰인 현수막이 바람에 나부끼고 있었다.

"우리 같은 무인들이 묵는 곳인가 보구나. 한데 굳이 저런 곳을 찾아서 갈 필요는 없을 듯싶은데?"

"뭐 어때요? 재미있을 것 같잖아요."

소유아가 한마디 하더니, 금산청의 대답도 듣지 않고 안으로 뛰어들어 가버렸다.

그 광경을 한동안 멍하니 바라보던 금산청은 힘없이 고개를 저었다.

"도황 어르신과 오래 함께 있다 보니 점점 더 천방지축이 되어가는 것 같구나."

"오라버니, 유아는 원래부터 저랬어요."

사연화가 조용히 웃으며 소유아 뒤를 따라 객잔으로 들어갔다.

가장 늦게 객잔에 들어선 금산청은 자신도 모르게 미간을 찌푸렸다.

안은 호탕한 고함 소리와 함께 시끌벅적하여 시장을 방불케 했다.

게다가 잠을 청하러 온 것인지 술을 마시러 온 것인지 모를 정도로 많은 술을 마신 장한이 여럿 보였는데, 그들 대부분은 병기를 차고 있는 무인이었다.

"이거 잠이나 잘 수 있을지 모르겠구나."

위도곡도 자신이 오자고 한 곳이 너무 소란하자 머쓱해했다.

"다른 곳을 잡을까요?"

"아니다. 그리고 너무 늦었어."

객방이 있는 이층으로 올라가는 소유아를 보며 금산청이 대답했다.

"도곡, 이왕 이렇게 되었으니 오늘은 간만에 술이라도 한잔할까?"

무당파에 머무는 동안 술은 구경도 못해본 이십일조원들이었다.

"좋습니다."

위도곡도 마음이 동했다.

어려움을 밖으로 잘 표현하지 않는 위도곡이었지만, 사실 그도 요 몇 달간 힘든 게 사실이었다.

그만큼 도황의 가르침은 엄격했던 것이다.

결국 모두가 동의하여 술자리가 마련되었고, 한잔 한잔을 비워갈수록 점점 왁자지껄한 주위에 동화되어 갔다.

그렇게 술기운이 어느 정도 오를 때쯤이었다.

덜컥.

문이 열리며 한 사람이 객잔에 들어섰다.

그 순간 인청각원뿐만 아니라 다른 탁자에서 술을 들고 있던 모든 사람의 시선이 그를 향했다.

티끌 하나 묻지 않은 새하얀 백의 장삼을 입은 이십대 중반의 젊은이.

머리에는 마치 옷과 한 쌍인 듯한 하얀 유생건을 둘렀고, 눈은 청호처럼 맑았다.

그는 주위의 시선에 아랑곳없이 비어 있는 탁자로 걸어가더니 음식을 주문하고는 품 안에서 두툼한 책을 꺼내 읽기 시작했다.

취기가 오른 무인들 사이에서 대담하게 책을 보는 그의 모습은 이질적이었다.

그런 부조화 때문인지, 어느새 주위는 조용해져 있었다.

"분위기가 이상한데요."

혁조영이 조심스럽게 말을 꺼냈다.

객잔 안의 장한들이 청년을 바라보는 눈빛이 곱지 않았다.

특히 이십일조원들로부터 오른쪽으로 두 번째 자리에 있는 대감도를 찬 장한들은 더욱 그랬다.

위아래로 청년을 훑어보는 모습이 당장에라도 시비를 걸 듯했다.

"형이 보기엔 어때요? 저 사람, 무공을 익힌 것 같아요?"

금산청은 천천히 고개를 저었다.

청년은 정말로 평범한 유생이었다.

“제 생각도 그래요. 그런데 왜 이런 곳에 온 걸까요?”

실상 객잔은 누구라도 올 수 있는 곳이었으니, 혁조영의 질문은 이상하다 할 수 있었다.

그러나 금산청도 혁조영과 같은 의문이 들었다.

시인묵객이라면 수려한 낭금의 풍광을 즐길 수 있는 탁 트인 누각으로 가는 게 정상이었다.

그런 곳은 무랑객잔에 오는 동안에도 몇 개인가 보았다.

모르고 객잔을 잘못 찾아왔는가 하면 그것도 아니었다.

만약 잘못 들어온 것이라면 입구에서 바로 돌아가면 될 일이었다.

그런데 청년은 문을 열고 자리에 앉기까지 한 치의 주저함도 없었다.

“뭐지? 바본가?”

소유아가 중얼거렸다.

“쉿! 그렇게 말하는 건 안 좋은 버릇이야, 유아야.”

사연화가 급히 말렸지만 소유아는 개의치 않고 고개까지 끄덕이며 말을 이었다.

“확실히 바보 맞아. 지금 자신의 처지가 어떤지도 모르는 눈치네.”

그때 사연화를 스치며 누군가가 청년에게 다가갔다.

눈초리가 심상치 않던 네 명의 장한 중 하나였다.

그는 허리의 대감도를 풀어 탁자 위에 탁 하니 올려놓고는 청년의 앞에 앉았다.

청년의 고개가 서서히 들렸다.

"동석을 허락한 적이 없소만?"

그의 음성은 예상외로 담담했다.

이에 기분이 상했던 것일까? 청년을 쏘아보는 장한의 눈빛이 한층 날카로워졌다.

"나 역시 네게 책을 읽으라 허락한 적이 없다!"

장한의 우렁찬 고함 소리가 객잔 안을 쩌렁거리며 울렸다.

第五十三章
서신(書信)

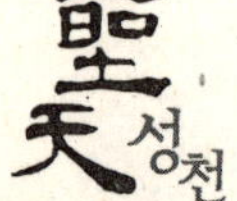

순식간에 객잔 안에 정적이 감돌았다.

장한은 금방이라도 대감도를 휘두를 듯한 기세였다.

그러나 그런 일촉즉발의 상황에서도 백의유생은 여선히 침착했다.

"책을 보는 게 그대의 허락을 받아야 하는 일이었소?"

"죽고 싶으냐?"

"허! 말씀이 심하시구려."

백의유생이 혀를 찰 때였다.

촤악!

장한이 탁자 위에 놓여 있던 물잔을 들어 그대로 끼얹어 버렸다.

차가운 물이 백의유생의 머리를 흠뻑 적시고 흘러내렸다.

흘러내린 물은 책으로 떨어져 먹물이 번져 갔다.

그게 끝이 아니었다.

장한은 뒤이어 물 항아리를 들어 올리더니 모조리 부어버렸다.

백의가 유생의 몸에 찰싹 달라붙었다.

그가 읽던 책은 누더기가 되어 너덜거렸다.

"자! 이제 돌아갈 맘이 생겼느냐?"

장한이 대감도를 집어 들며 소리쳤다.

말 한마디라도 잘못하면 백의유생의 목이 잘릴 판이었다.

"마 형, 이제 그쯤하면 됐소. 저놈, 겁에 질려 오줌을 지리고 있지 않소? 하하하!"

장한과 동행 중 하나가 소리 내어 웃었다.

정말 그의 말대로 옷에서 흘러내린 물이 그리 보이는 듯도 했다.

"동 형은 잠자코 있으시오. 내 오늘 이 건방진 놈의 버릇을 단단히 고쳐 주고 말 거요."

창!

말이 끝남과 동시에 장한이 도를 빼 들었다.

그럼에도 백의유생은 말이 없었다.

머리를 쓰다듬어 손에 묻은 물을 쳐다보고는 다시 알아볼 수 없게 흐믈거리는 책으로 시선을 주었다.

어찌 보면 넋이 나간 듯한 행동이었다.

글만 읽던 유생이 언제 이런 험한 꼴을 겪어보았겠는가.

"두고만 볼 셈인가요?"

사연화가 금산청에게 조용히 물었다.

그러나 금산청은 대답하지 않았다. 그는 무언가를 골똘히 생각하느라 그녀의 말을 듣지 못했다.

'이상해.'

백의유생은 분명 무공을 익히지 않았다.

그리고 그런 백의유생 앞에 언제 도를 휘두를지 모르는 무인이 있었다.

목숨이 언제 떨어질지 모르는 상황이었다.

그런데 무엇 때문일까?

전혀 긴장감이 들지 않았다. 마치 무덤덤한 경극을 보는 것처럼.

"오라버니?"

금산청이 묵묵히 가만있자 사연화가 다시 불렀다. 그때였다.

가장 구석에서 술에 취해 탁자에 머리를 박고 있던 늙은이가 부스스 고개를 들며 중얼거렸다.

"클클클, 도저히 못 봐주겠구먼."

그 소리는 작았지만, 워낙 조용했던 객잔인지라 장한이 들지 못할 리 없었다.

장한의 얼굴이 벌겋게 달아올랐다.

"방금 뭐라 지껄였나?"

"어린놈의 새끼가 말버릇하고는."

"이 쳐 죽일 늙은이가!"

노호성을 터뜨리며 장한이 늙은이를 덮쳐 갔고, 대감도가 허공을 갈랐다.

팟!

"커흑!"

그러나 탁한 신음 소리는 늙은이 입에서 나온 게 아니었다.

장한이 바닥에 내려서며 비틀거렸다.

그의 얼굴은 참혹하게 일그러져 있었으며 눈동자는 주체 없이 떨리고 있었다.

그리고 그의 가슴에 깊이 박혀 있는 한 자루의 비도!

"마 형!"

장한의 일행이 벌떡 일어섰다.

"클클클. 그러게 어른에게는 말을 곱게 했어야지."

늙은이가 키득거리며 장한에게 다가가더니 그의 가슴에 박혀 있는 도파를 쥐었다.

하지만 장한은 전신을 사시나무처럼 떨 뿐, 노인의 행동을 저지하지 못했다. 노인의 얼굴에 사악한 미소가 어린 순간,

좌악!

비도가 뽑혀져 나오며 피분수가 솟구쳤다.

"암혈비도!"

노인의 손에 들려 있는 비도를 본 누군가가 경악에 찬 소리를 내질렀다.

"암혈비도?"

"혈금귀(血金鬼)?"

혈금귀란 말을 들은 장한의 일행은 병기를 뽑다 말고 안색이 흑빛이 되더니 주춤거리며 물러섰다.

"또 주둥아릴 함부로 놀리고 싶은 사람 있나?"

늙은이는 땅에 쓰러진 장한에게는 눈길도 주지 않고 주위를 돌아보며 물었다.

객잔 안이 크게 술렁였다.

혈금귀.

그는 서안 일대에서 유명한 살성 중의 하나였다.

돈을 위해서는 어린아이라도 잔인하게 죽일 수 있는 살인마. 그래서 그의 별호가 혈금귀였다.

"어쩌죠?"

사연화가 조용히 금산청에게 물었다.

혈금귀라면 자신들로서도 결코 쉽지 않은 상대였다.

그가 악명을 떨친 지 이십 년이 훌쩍 넘었지만, 지금까지 멀쩡히 살아 있는 것만 봐도 그의 실력을 능히 짐작할 수 있는 일이었다.

"언니, 뭘 걱정하고 그래요? 혈금귀든 혈금마든 우리가 상관할 일도 아닌데."

대수롭지 않다는 소유아의 말에 사연화가 얼굴을 찡그렸다.

"어떻게 그런 말을 하니?"

"잘못은 대감도를 든 남자가 먼저 했잖아요. 그리고 혈금귀가 움직인 것은 돈 냄새를 맡았기 때문이에요. 아마도 저 유생이 부자라 생각했겠죠."

"오라버니도 그렇게 생각……?"

사연화가 금산청을 돌아보다 흠칫하여 말을 멈췄다.

그는 혈금귀를 보고 있지 않았다.

그의 시선은 백의유생을 향해 있었다. 그것도 딱딱하게 굳은 표정으로.

'어떻게 저럴 수 있는 거지?

금산청은 강한 의혹이 일었다.

백의유생은 여전히 옷을 적신 채 흘러내리는 물을 내려다보고 있었다.

사람이 눈앞에서 참혹하게 죽었다.

바닥이 피로 흥건하고 주위 사람들이 모두 동요하고 있었다.

그런데 정작 지금 벌어진 일의 가장 중심에 있는 청년은 어찌 저리 침착할 수 있단 말인가?

서늘한 기운이 등줄기를 타고 올랐다.

"이보게, 공자."

혈금귀가 백의유생에게 다가갔다.

"험한 꼴을 당했네그려. 나 혈금귀는 원래 불의를 보면 참지 못한다네."

그제야 백의유생은 천천히 고개를 들어 혈금귀를 바라봤다.

혈금귀가 만면에 웃음을 가득 띤 채 말을 이었다.

"해서 내가 공자를 대신해서 죽여 버렸다네. 어떤가? 마음에 드는가?"

"그대가 죽였구려."

"그렇지. 바로 내가 자네의 한을 풀어줬지."

혈금귀가 자랑스럽다는 듯이 제 가슴을 두어 번 두드렸다.

"내가 빚을 진 셈이오?"

"두말하면 잔소리 아니겠나."

"그럼 보답을 해야겠구려."

순간 혈금귀의 눈이 별빛처럼 반짝였다.

"따라오시오."

백의유생은 그 말만을 남기고 신형을 돌려 나가 버렸다.

혈금귀도 입이 찢어져라 웃으며 그 뒤를 따랐다.

그렇게 두 사람이 나가 버리자 객잔 안에는 썰렁함만이 남았다.

"뭐야, 이게?"

위도곡이 어이없다는 듯이 중얼거렸을 때다.

"너희들은 여기 있어."

금산청이 벌떡 일어서더니 객잔 밖으로 신형을 날렸다.

"오라버니, 어디 가요?"

"산청이 형!"

위도곡과 소유아가 눈을 마주치고는 누가 먼저랄 것도 없이 동시에 밖으로 뛰쳐나갔다.

혁조영과 사연화도 영문을 알 순 없었지만, 그 뒤를 따를 수밖에 없었다.

그리고 잠시 후,

한쪽 구석에서 지금까지 두려운 눈빛으로 있던 황의중년인이 탁자에 동전을 올려놓더니 몸을 일으켰다.

한데 기이하게도 그가 일어섰을 때는 방금 전까지 두려운 눈빛이 씻은 듯이 사라지고 없었다.

혈금귀는 날아갈 것만 같았다.

횡재도 이런 횡재가 없었다.

백의유생이 처음 객잔에 들어왔을 때, 그는 단번에 깨달았다.

그가 입고 있는 백의가 천금의 값어치가 나가는 상품 중의 상품이라는 것을.

유생의 옷은 얼핏 보기엔 단순한 백의였지만, 실상은 그게 아니었다.

용과 봉황이 눈에 보일 듯 말 듯하게 수놓아져 있었다.

저렇게 정교하게 수놓을 수 있는 사람은 이 넓은 천하에도 단 한 명, 능박치공(能璞緇工) 도귀산밖에 없었다.

그는 일 년에 단 하나의 옷만을 만들었고, 그 값어치는 돈으로 환산할 수 없을 만큼 귀했다.

인적이 드문 산길에 접어들자 혈금귀는 앞서 걷고 있는 백의유생을 죽이고 옷을 벗겨갈까 하는 생각이 불쑥 들었다.

하지만 이내 고개를 저었다.

'아냐, 아냐. 이런 좋은 기회를 겨우 옷 하나로 만족할 수야 없지.'

백의유생을 따라가면 더 귀한 것을 얻을 게 자명했다.

"이보게, 자네 집이 여기서 꽤 먼 듯한데 내가 자네를 업고 가면 순식간에 도착할 수 있을 거네. 어떤가? 내게 업히겠는가?"

마음이 급한 혈금귀가 물었다.

그 말에 백의유생이 걸음을 멈추더니 천천히 돌아섰다.

"내가 그대에게 빚을 진 게 분명하오?"

"물론이네."

"하면 내가 보답을 하는 게 당연하겠군. 그것도 무척이나 귀한 것으로 말이오. 그렇지 않소?"

"당연하네. 클클클. 역시 내 눈은 잘못되지 않았어. 나는 자네가 맺고 끊음이 분명하리라 이미 예상하고 있었다네."

혈금귀가 킬킬거리는 순간이었다.

백의유생의 입가에 언뜻 미소가 감돌았다.

그것은 어떻게 보면 허무해 보이고, 어떻게 보면 기쁘게 보이는 묘한 것이었다.

"나는 말이오, 나름 만족하고 있었소."

"에엥? 그게 무슨 소린가?"

"시원했거든, 그 차가운 물이."

혈금귀가 의아한 눈으로 그를 쳐다봤다.

백의유생은 그러거나 말거나 예의 미소를 지은 채 말을 이었다.

"너무나 시원해 정신이 다시없이 맑아진 기분이었소. 그가 대감도를 빼 들 때는 이대로 죽어줄까 하는 생각이 들기도 했지."

"죽을까 하는 생각이 들었다고?"

"그렇소."

"자네 제정신인가? 귀한 목숨을 그렇게 허무하게 버릴 생각을 하다니?"

"절대 허무하지 않소. 오히려 한 번의 죽음에 그런 즐거움을 맛볼 수 있다면 얼마든지 환영하는 바요."

혈금귀는 뭔가 이상하게 돌아간다는 생각에 얼굴을 찌푸

렸다.

"그래서 내게 하고 싶은 말이 뭔가? 설마하니 은혜를 잊겠다는 뜻은 아니겠지?"

마지막에는 눈을 무섭게 번뜩이는 혈금귀였다.

"어찌 잊을 수 있겠소? 나는 지금 바로 보답할 셈이오."

"어떻게 말인가?"

"이렇게 말이오."

혈금귀는 그가 어떤 귀보를 내놓을지 잔뜩 기대하며 백의유생의 다음 행동을 기다렸다. 하지만 백의유생은 꿈쩍도 하지 않았다.

단지 자신을 바라보고만 있었다.

"도대체 뭐 하자는… 어?"

갑자기 이상한 기분이 든 혈금귀는 말을 하다 말고 자신의 왼팔을 쳐다봤다.

"어엇!"

그의 손은 살이 파여 뼈가 훤히 드러나 있었다. 아니, 파인 게 아니고 살점이 부서져 바람에 흩날렸다.

눈 깜짝할 사이에 팔꿈치 뼈가 드러났고, 어깨 언저리까지 올라왔다.

"이… 이놈이!"

쐐에엑!

그의 손이 품에 들어갔다 나오는 순간 암혈비도가 허공을 갈랐다.

수십 년 동안 단 한 번도 기대에 어긋나지 않았던 암혈비도!

목숨이 경각에 달렸음을 알기에 혼신의 힘을 다해 펼쳤다. 하지만,

스스스스.

백의유생의 미간을 향해 날아가던 암혈비도는 미간 세 치 앞에서 멈칫하더니 거짓말처럼 부서져 나갔다.

혈금귀는 머릿속이 하얗게 되었다.

그는 더 이상 생각할 수 없었다.

뇌가 사라진 자는 그 무엇도 생각할 수 없었으니.

파삭.

혈금귀의 뼈 무더기가 무너져 내렸고, 뒤이어 남아 있던 뼛조각마저도 산산이 부서져 가루가 되었다.

백의유생은 무표정하니 혈금귀가 있던 자리를 바라보다가 조용히 입을 열었다.

"어땠나? 나의 보답이 적절했다 생각하나?"

그의 질문에 대답하는 이는 없었다.

은은한 달빛만이 산길을 비추고 있을 뿐 사위는 여전히 조용했다.

마음에 들지 않는지 백의유생이 혀를 차며 고개를 저었다.

"이런이런, 좋은 구경을 했으면 소감을 말해주는 게 예의

일 터인데······."

그의 말이 끝나자 어두운 한쪽 구석에서 부스럭대는 소리와 함께 몇 사람이 모습을 드러냈다.

그들은 혈금귀의 뒤를 쫓아온 이십일조원들이었다.

다른 이들도 마찬가지였지만 특히 금산청의 얼굴은 목석처럼 딱딱하게 굳어 있었다.

방금 전 백의유생이 펼친 한 수는 과연 무엇인가?

무공이라 할 수 있는 것이었나?

독인가 하면 그도 아니었다.

사천당가의 최고 절독이라 해도 사람을 저렇게 가루를 만들어놓지는 못했다.

그는 저항하고자 하는 의지조차 사라져 버렸다.

저항도 적당한 격차가 있을 때나 가능한 일. 지금은 단 일 할의 가능성조차 없었다.

백의유생이 죽이고자 마음먹으면 그것으로 모든 게 끝인 절망적인 상황이었다.

"당신은 누구요?"

"역시 예의가 없어. 질문에 질문으로 대답하다니. 게다가 그런 걸 물으려면 자신부터 밝혀야지."

백의유생의 손이 천천히 들렸다.

이를 본 금산청은 심장이 덜컥 멈추었다.

저 손이 자신들을 가리키면 목숨이 끊어질 것만 같았다.

바로 그때였다.

“저들은 모두 성천자의 친구들입니다.”

일행 뒤에서 들려온 목소리에 백의유생의 손이 멈추었다.

목소리의 주인은 객잔에 있던 황의중년인이었다.

그는 느긋하게 걸어와 백의유생에게 예를 취하고는 말을 이었다.

“북무림회에서 위지극과 연을 맺었지요.”

“인청각원이란 말이군.”

“같은 조에 속해 있으니 더욱 절친하다 할 수 있습니다.”

백의유생은 고개를 끄덕이며 손을 내렸다.

이에 금산청은 맥이 탁 풀리는 기분이었다.

참으로 어이없는 일이었다.

겨우 저자의 손짓 하나에 긴장했다 풀어지는 자신이 한심하기 짝이 없었다.

도황으로부터 많은 가르침을 받아 어느 정도 자신이 생겼다 생각했거늘.

백의유생이 금산청을 바라봤다.

“친구를 만나고 싶은가?”

“……?”

“곧 그리될 거야.”

그가 가볍게 손을 휘저었다.

파팟!

그와 동시에 금산청은 몸을 움직일 수 없었다.

'격공점혈!'

백의유생은 뻣뻣이 굳은 다섯 사람을 한차례 쓸어보고는 황의중년인에게 말했다.

"때가 됐다 이르게."

순간 황의중년인의 표정의 변화가 일었다.

그것은 한마디로 표현하기에 불가능한 오묘한 것이었다.

슬픈 듯도, 기쁜 듯 보이는 입가를 씰룩이던 황의중년인이 이윽고 허리를 숙였다.

"전하겠습니다."

그리고 허깨비처럼 사라졌다.

"너희들은 친구가 강하기를 바라야 할 게다, 적어도 나보다는."

절망과도 같은 백의유생의 말을 마지막으로 금산청은 정신을 잃었다.

*　　　*　　　*

"성천이 과연 대단하긴 하군. 나를 몇 마디 글로써 묶어놓다니."

태사의에 앉아 있던 우백이 중얼거렸다.

"소교주께서 무사하다는 사실을 안 것만으로 다행입니다."

쾅!

"비겁한 놈들."

사사의 말에 우백이 태사의를 후려치며 씹어뱉듯이 말했다.

적존교의 모든 외부 활동이 멈췄다.

무당을 재차 습격하려던 계획도, 뒤이어 북무림회 본단을 칠 계획도 모두 중지됐다.

적존교를 손발을 틀어 묶은 것, 그것은 성천으로부터 온 한 장의 서신이었다.

우희명은 우리에게 있다.

하니 경거망동하지 말지어다.

"성천이라 추앙받는 것들이……. 만에 하나 희명이에게 탈이라도 날 시에는 모조리 죽여 버리겠다."

"당연히 그러셔야 합니다."

"사사!"

"말씀하십시오."

"제자들에게 만반의 태세를 갖춰놓으라 전하게, 언제라도 출진할 수 있도록!"

"그러하겠습니다."

'후회할 짓은 하지 말거라, 성천!'

우백은 부서질 듯 주먹을 움켜쥐었다.

*　　　*　　　*

태릉현 북쪽에 자리한 낙문장에서는 오늘도 은은한 금소리가 울려 퍼지고 있었다.

황제조차 인정한 칠현금의 대가 요서광.

그가 따스한 햇볕 아래에서 지그시 눈을 감은 채 음락에 젖어들었기 때문이다.

은은하던 금소리가 점점 커지며 절정에 치들 무렵, 대청 안으로 마흔은 되었음 직한 한 남자가 들어섰다.

그는 잠시 기다려 음률이 잦아들자 그제야 나직하게 입을 열었다.

"아버님, 아버님 앞으로 서신이 왔습니다."

"누가 보냈더냐?"

"그게… 보낸 이의 성명이 적혀 있지 않습니다. 대신 대나무가 하나 그려져 있는데……."

그 순간 요서광의 눈이 번쩍 뜨였다.

"대나무라 했느냐?"

"그렇습니다."

그가 내민 서신을 펼쳐 본 요서광은 잠시 동안 아무 말이 없었다.

“심각한 내용인지요?”

한참을 기다리던 중년인이 묻자 요서광은 서신을 곱게 접어 품에 넣고는 그를 바라봤다.

“낭평아.”

“네, 아버님.”

“네 동생들과 어머니를 모시고 오거라.”

요낭평은 갑작스런 호출령에 의아했으나 더 이상 묻지 않고 조용히 물러갔다.

잠시 후, 대청에 열두 남녀가 들어섰다.

“대체 무슨 일인데 그러십니까?”

요서광의 아내 흠진화가 물었다.

“부인, 그리고 너희들에게 할 말이 있다.”

요서광은 모인 사람들을 하나하나 바라보며 말문을 열었다.

그들의 이목이 모두 요서광에게 집중됐다.

지금처럼 모든 가족을 한곳에 부른 적은 많지 않았기 때문이다.

“너희들이 이렇게 장성한 모습을 보니 내 마음이 매우 흠족하구나. 그리고 부인, 나를 따르느라 그동안 고생이 많았소.”

“무, 무슨 말씀을 하시려는 겝니까?”

흠진화의 목소리가 떨려나왔다.

요서광이 포근한 미소를 지으며 그녀의 어깨를 감쌌다.

"일전에 했던 나의 말을 기억하고 있소?"

순간 흠진화가 흠칫하더니 두 눈을 크게 뜨고 남편의 얼굴을 바라봤다.

"설마 그 옛날 일을?"

"기억하고 있었구려. 한데 그 옛날이라……. 허! 그렇게 오래되었나? 하긴 우리가 혼인하기 전이었으니 꽤 많은 시간이 흐른 건 사실이구려."

"안 됩니다!"

갑자기 흠진화가 버럭 소릴 질렀다.

"부인."

"도대체 이제 와서 왜 그런 말씀을 하십니까? 이미 잊혀진 일 아닙니까?"

"당신도 기억하고 있는 일을 어찌 잊혀진 일이라 할 수 있겠소."

"당신은 잘못 알고 있습니다. 저는 기억 못합니다!"

"부인……."

흠진화가 세차게 고개를 저으며 소리치자 요서광이 안타까움이 가득 담긴 음성으로 말끝을 흐렸다.

"전 모르는 일이란 말입니다!"

흠진화는 당혹스럽고도 화가 났다.

하지만 지금 한 말은 물론 거짓이었다. 자신은 모두 기억하고 있었다.

남편은 혼인하기 전에 알 수 없는 말을 했다.

"때가 되면 언제든 나를 보내주겠다 약조할 수 있겠소? 만약 못하겠다면 나는 그대와 맺어질 수 없다오."

"저를 사랑하지 않는 건가요?"

"결코 아니오. 누구보다도 당신을 깊이 사랑하오."

"하면 왜 그런 말씀을 하시나요?"

"그건 오래전의 약조 때문이오. 내 사랑이 식어 떠나는 일은 결코 없을 것이외다."

흠진화는 그를 믿었다.

그리고 그를 죽도록 사랑하는 흠진화로서는 선택의 여지가 없었다.

그렇게 해서 맺어진 인연. 그 이후로 벌써 사십 년이 흘렀다.

그런데 이제 와서 느닷없이 가야 한다니. 웬 청천벽력 같은 소리란 말인가?

"부인, 세상에는 결코 잊지 말아야 할 게 있소."

"그게 무엇입니까? 그것이 저나 이 아이들보다 더 소중하단 말씀이십니까?"

요서광은 침통한 표정으로 눈을 감았다.

그리고 한참만에야 눈을 뜬 그의 얼굴에는 결연한 의지가 담겨 있었다.

"그렇소."

"……!"

흠진화가 뒤로 물러서며 쓰러질 듯 비틀거렸다.

"어머님!"

요낭평이 뛰어나가 급히 그녀를 부축했다.

흠진화는 요낭평에게 안긴 채 힘없이 남편을 응시하다 떨리는 음성으로 말했다.

"하면, 가세요. 우리보다 더 소중한 것이 있다 하니 어찌 말릴 수 있겠습니까."

"부인……."

그는 회한이 가득한 눈빛으로 흠진화를 바라보다가 결국 칠현금을 등에 묶었다.

"당신, 그리고 이 아이들과 함께한 시간이 내 생애에서 가장 행복한 순간이었소. 낭평, 어머니를 잘 보살피거라."

"아버님, 대체 어디로 가시려는 겁니까?"

요서광은 대청을 나서다 말고 돌아서더니 예닐곱 정도 되어 보이는 똘망똘망한 눈을 가진 아이를 바라보며 희미하게 웃었다.

"상아야."

"할아버지!"

"너, 무공이 배우고 싶다고 했지?"

"네. 다른 애들은 다 배우고 있는데 아빠만 안 된다고 하세요. 금을 다뤄야 한다면서."

아이가 요낭평의 눈치를 보며 조그맣게 말하자 요서광의 미소가 더욱 짙어졌다.

"네 아비 말도 맞긴 하다만, 네가 정 배우고 싶다면 너만 아는 그 보물창고에서 몇 치만 더 깊이 파보아라. 재미있는 게 들어 있을 게다."

"네? 뭔데요?"

"직접 보면 알 게다. 이 귀여운 녀석."

그 말이 끝남과 동시에 신형을 돌려세운 요서광이 한차례 발을 굴렀다.

화아악!

"할아버지!"

"어!"

요낭평이 경악성을 내질렀다.

부친의 신형이 칠 장이 넘는 마당을 가로질러 날아가더니 눈 깜빡할 사이에 돌담 위에 올라섰고, 재차 하늘로 솟구쳐 시야에서 사라져 버리는 게 아닌가?

"와! 할아버지 멋있다! 아빠, 근데 할아버지 놀러 가신 거야? 언제 돌아와?"

"모르겠구나, 이 아빠도."

그의 시선은 요서광이 사라진 허공에 멍하니 고정되어 있었다.

*   *   *

"장인어른, 큰일났습니다!"

"누가 네 장인이야, 이 망할 놈아?"

커다란 망치로 쇳덩이를 두드리고 있던 노인이 버럭 소리
쳤다.

"에이, 또 왜 그러십니까? 지난번에 옥희를 저에게 주기로
하서놓고."

지저분한 무복에 머리에 파란 띠를 두른 사내가 툴툴거리
자, 노인이 호랑이눈을 치켜떴다.

"이놈아, 옥희가 물건이냐? 네놈에게 줬다고 하게?"

"아, 됐습니다. 그보다 큰일났어요. 오늘 저녁에 저희 문천
방으로 흑갈방 놈들이 쳐들어온다는 소식입니다."

"그게 나랑 뭔 상관이야, 이 썩을 놈아?"

"좋은 검이 있어야 싸우든지 할 것 아닙니다. 요놈 가지고
는 무도 못 벤다니까요."

그러면서 자신의 허리에 달린 철검을 툭툭 쳤다.

"그래서, 검을 내놓아라?"

"바로 그 말씀이지요."

"네가 나한테 맡겨놓은 거라도 있냐? 아니면 돈이라도

있고?”

“장인어른도 참. 사위한테 돈을 받을 속셈이십니까?”

“뭐야? 이 때려죽일 놈! 당장 안 나가?”

“어, 어?”

노인이 벌겋게 달궈진 쇠망치를 휘두르자 사내가 주춤주춤 물러서다 결국 대장간 밖까지 밀려났다.

“썩 꺼져!”

“장인어른, 그러면 저녁때 다시 올게요!”

사내는 결국 노인의 노화를 이기지 못해 줄행랑치면서도 한소리 하는 것을 잊지 않았다.

“저 미친놈이. 다시는 발도 들이지 마!”

노인이 씩씩거리면 다시 대장간에 들어가려 할 때였다.

하늘에서 종이 하나가 팔랑거리며 떨어져 내렸다.

이를 허공에서 낚아챈 노인은 슥 훑어보더니 이내 불구덩이 속에 던져 버렸다.

“헤헤. 아빠, 오라버니 왔다 갔죠?”

대장간 안쪽에서 귀엽게 머리를 땋은 소녀가 머리만을 내놓으며 물었다.

“그래, 네 오라버니 왔다 갔다.”

“어? 웬일이래요? 오늘은 화를 안 내시네?”

노인은 천으로 땀을 훔쳐 내고는 소녀를 물끄러미 쳐다봤다.

“너, 그놈이 정말 좋으냐?”

“당연하죠!”

“같이 살고 싶어?”

“부끄럽게 그런 걸 다…….”

소녀는 배시시 웃으며 자신의 양쪽 뺨을 쓰다듬었다.

“허, 저런 놈이 어디가 그리 좋다고…….”

노인은 구시렁거리며 구석의 창고로 들어가더니 검을 하나 꺼내왔다.

“어? 삼취검이잖아요?”

“그래.”

“정말 오라버니 주시려고요?”

소녀가 깜짝 놀란 표정으로 물었다.

그도 그럴 것이, 삼취검은 노인이 가장 아끼는 검이었다.

수십 년 동안 대장장이 일을 하는 중에 겨우 하나 건진 것이라고 입에 침이 마르게 칭찬한 검이 바로 저 삼취검 아니던가?

“달래잖느냐?”

“아무리 그래도 이 귀한 것을…….”

소녀가 못 미더운 눈초리로 힐끔거리자 노인은 책 하나를 내밀었다.

“검과 함께 이것도 갖다 주거라.”

“이건 뭔데요?”

"그놈 하는 짓을 보아하니 언제 죽을지 모르겠더구나. 그
래서 명줄 좀 늘려주려 한다. 왜? 싫어?"

"아니요!"

소녀는 부친의 마음이 혹시나 변할까 싶어 잽싸게 낚아챘
다.

"그거 익히려면 피똥 싸게 노력해야 한다고 꼭 전해주고,
나중에 내 욕 하지 말라고도 전해주어라. 그럼 이 아비는 잠
시 나갔다 오마."

"나가시게요?"

"그래."

노인은 그 말만을 남기고 검게 그슬린 옷 그대로 대장간을
나섰다.

"빨리 돌아오세요! 맛있는 저녁 지어놓고 있을게요!"

뒤에서 들리는 소녀의 말에 노인은 고개도 돌리지 않은 채
손을 흔들었다.

'행복하게 살거라.'

노인은 깊게 침잠된 눈빛으로 허공을 올려다봤다.

아내가 일찍 죽고, 젖도 떼지 못한 옥희를 키우느라 모진
고생을 하던 모습이 주마등처럼 스쳐 갔다.

자신도 모르게 눈에 뜨거운 물이 차오르려 하자 더욱 눈을
크게 떴다.

"어디서 감히 개똥같은 눈물이!"

그는 미친 사람처럼 버럭 소리치고는 고개를 획 돌려 한곳을 바라봤다.

저 멀리 산등성이에 지어진 커다란 건물 하나가 눈에 들어왔다.

'저기가 흑갈방이렷다? 아무튼 사위라는 놈이 삼류 문파의 제자이니 옥희도 당분간 고생 좀 하겠구나. 재수없으면 오늘 죽을지도 모르는 사위 놈, 어디 목숨이나 한번 구하러 가볼까?'

노인은 터벅거리는 걸음걸이로 산등성이를 향했다.

그리고 그날,

흑갈방은 강호에서 사라졌다.

                    *   *   *

소덕산, 망부산채(茫斧山砦).

채주는 두 자루의 도끼를 사용하는 망부 무덕성이었다.

망부산채는 비록 소덕산에 머물고 있었지만, 그들은 딱 부러지게 정해진 자리가 없었다.

이유는 한 가지.

너무도 약했다.

인원은 스무 명밖에 되지 않는데다, 제대로 무공을 익힌 사람도 없었다.

　그나마 채주인 무덕성만이 그럭저럭 도끼를 사용했지만 이 역시 삼류에 불과했다.

　그러니 정파의 토벌이 시작되면 싸우기보다 꽁무니를 빼기 일쑤였고, 그 때문에 한곳에 정착하지 못하는 형편이었다.

　유창검문에 쫓기다 이곳 소덕산까지 오게 되었고, 산채를 새로 차린 지 채 석 달도 지나지 않았다.

　"두목!"

　거지꼴을 한 장한이 헐레벌떡 뛰어오며 고래고래 소리쳤다.

　"저 새끼가 시끄럽게."

　소매 없이 대충 기워 만든 옷에 산만 한 덩치의 무덕성이 중얼거렸다.

　그는 손에 들고 있던 종잇조각을 와락 구겨 버리고는 정신 없이 달려오는 수하를 쳐다봤다.

　"두목!"

　"채주라 부르라니까!"

　"아이고, 채주! 난리났습니다!"

　"또 뭐가? 그 질긴 유창검문 놈들이 여기까지 쫓아오기라도 했냐?"

　"유창검문이 아니라 이번엔 백화검문입니다요, 백화검문!"

　"뭐야!"

무덕성이 벌떡 일어섰다.

백화검문이라면 강호에 꽤 이름을 날리는 명문 정파이지 않는가?

"그놈들이 왜 우릴 찾아왔대? 아무 짓도 안 했는데."

"모릅니다, 몰라요. 그나저나 애들한테 짐 싸라고 할까요?"

"당연히 튈 준비 해야지. 뭘 물어보고……. 아! 그런데 말이다. 몇 놈이다 온 거야?"

산채 안으로 뛰어가려던 무덕성이 뒤돌아 물었다.

"세 명입니다."

"고작 셋?"

"고작 셋이라니요! 유창검문 두 명한테 쫓겨 여기까지 온 거 기억 안 납니까?"

장한이 분통을 터뜨렸다.

"알아, 알아. 성질내지 말고 가만있어 봐. 지금은 그때와 상황이 다르잖아. 왜 아무 관계도 없는 우릴 찾아왔을까? 그것도 달랑 세 명이서?"

그의 말이 끝날 때쯤이었다.

퍼퍽!

"쿠엑!"

"으아악!"

똑같은 백의를 입은 세 남자가 길을 막는 장한들을 때려눕

히고는 이쪽으로 걸어오고 있었다.

그들은 모두 이십대로 젊었는데, 그중 중앙에 선 청년은 키가 훤칠한데다 이목구비도 준수했고, 거들먹거리는 모양새가 이들을 이끄는 우두머리로 보였다.

그는 무덕성 앞에 서더니 입꼬리를 말아 올렸다.

"너희들이 바로 약하기로는 강호에 첫째간다는 그 유명한 망부산채인가?"

무덕성은 입맛이 떨떠름했다.

하지만 그의 말은 사실이었다.

"무슨 일로 오셨소?"

"내 이름은 화자개야. 혹시 들어봤나?"

무덕성은 고개를 끄덕였다.

백화검문의 이제자 화자개.

나름 명성을 날리다가 무슨 이유에서인지 모르나 백화검문주에게 호되게 혼이 난 뒤로 강호 활동을 안 한다는 소문을 들은 적이 있었다.

"알면 말하기 쉽겠군."

그는 무덕성 앞으로 다섯 손가락을 쫙 펴서 내밀었다.

"무슨 뜻이오?"

"오 할."

"오 할?"

"그래. 앞으로의 수입 중 오 할을 내놓으라는 말이다."

"저기, 공자께서 잘 모르시고 하는 말 같소만, 우리는 수입이 거의 없소. 우리끼리 먹고살기에도 부족하단 말이오. 저기다 떨어진 옷을 보시오. 벌써 몇 년째 옷 하나 못 사 입는 형편인데 오 할을 내놓으면 우린 굶어 죽소."

"그건 네 사정이고."

무덕성이 간절한 표정을 지으며 호소했지만, 화자개의 대답은 간단했다.

무덕성은 기가 막혀 옆의 장한을 쳐다봤다.

그러자 장한이 고개를 마구 저었다.

절대 안 된다는 뜻이었다.

"후우."

무덕성은 한숨을 푹 내쉬었다.

그는 갑자기 무릎을 꿇고는 화자개의 발 앞에 엎드렸다.

"내 이렇게 빌겠소. 삼 할로 어찌 안 되겠소?"

"내가 거지로 보이냐? 그리고 네가 아까 도리질을 했겠다?"

뻐억!

"캐애액!"

옆에 있던 장한이 배를 움켜잡으며 무덕성 옆으로 꺼꾸러졌다.

그는 방금 전까지 무덕성과 이야기하던 장한이었다.

눈물까지 흘리며 땅바닥을 데굴데굴 구르는 장한을 보는

순간 무덕성의 눈이 확 뒤집혔다.

"아이, 씨팔. 더러워서 못해먹겠네."

그는 벌떡 일어서서더니 장한을 부축해 일으켰다.

"야? 아프냐?"

"그걸 말이라고 해요?"

"조금만 참아. 내가 복수해 줄 테니까."

"씨팔. 두목이 무슨 수로!"

무덕성은 악을 쓰는 장한을 앉혀놓고는 화자개 앞으로 성큼성큼 걸어갔다.

"삼 할!"

"이 곰 같은 놈이 몇 번을 말하게 만들어!"

퍽!

화자개의 주먹이 번개처럼 무덕성의 아랫배에 틀어박혔다.

그러나…….

"크윽."

뒤로 물러서는 것은 오히려 화자개였다.

'무슨 놈의 몸이…….'

마치 강철이라도 두드린 듯 주먹이 깨질 것만 같았다.

"그게 네놈의 마지막 기회였다."

무덕성의 말에 화자개는 발끈해서 소리치려다 갑자기 의아한 표정을 지었다.

무덕성이 한쪽 손을 쫙 펴더니 하나의 모옥을 가리키고 있
는 게 아닌가?

'이놈이 미쳤나?'

바로 그 순간이었다.

쾅! 쾅!

굉음이 연이어 터져 나왔다.

그리고 어린아이 키만 한 도끼 두 자루가 벽을 뚫고 튀어나
오더니 무덕성의 손으로 빨려들어 갔다.

"허억!"

화자개는 거친 숨을 들이키며 자신도 모르게 주춤주춤 뒷
걸음질 쳤다.

'허, 허공섭물!'

허공섭물로 동전 하나만 움직일 수 있어도 만인이 인정하
는 고수다.

그런데 지금은······.

"두, 두목?"

놀란 것은 장한이 더했다.

"내가 복수해 준다고 했지? 이 두목이 거짓말하는 것 봤
냐?"

장한은 수없이 봤다고 하고 싶었지만, 너무 놀란 나머지 입
이 떨어지지 않았다.

무덕성이 화자개를 보며 히죽 웃었다.

“삼 할.”

“조, 좋소, 삼 할. 내 삼 할로 하리다.”

화자개가 더듬거리며 말했다.

“늦었어, 병신아. 셋 셀 동안 내 눈 앞에서 사라지면 살려
줄게.”

백화검문의 세 사람은 서로를 마주 봤다.

어이없게도 상대는 측량할 수 없는 고수.

도망치는 것만이 살길이었다.

파파팟!

세 사람의 신형이 동시에 뒤로 튕겨져 나갔다.

뒤이어 허공에서 신형을 비틀더니 정신없이 내달리기 시
작했다.

그들의 뒤통수를 바라보던 무덕성은 코웃음을 쳤다.

“생각보다 빠르네. 뭐, 그래 봤자……”

쉬아아앙!

무덕성이 가볍게 팔을 흔들자 한 자루의 도끼가 허공을 찢
으며 날아갔다.

퍽!

그리고 화자개의 머리가 터져 나갔다.

“으헉!”

“허억!”

가장 앞서가던 화자개가 맥없이 죽어버리자 두 사람은 더

욱 정신이 없었다.

"거기 서!"

뒤에서 무덕성의 고함 소리가 악귀의 목소리처럼 들렸다.

"안 서면 죽인다!"

퍽!

그 말이 끝남과 동시에 또 다른 청년의 머리통이 날아갔다.

우당탕!

목 없는 시신과 함께 나머지 한 명이 땅바닥을 굴렀다. 그는 결코 서고 싶은 마음이 없었지만 너무나 놀란 나머지 발을 헛디딘 것이었다.

"거봐. 내가 서라고 했잖아."

"사, 살려주십쇼."

그는 정신없이 머리를 조아렸다.

무덕성이 셋을 헤아리지도 않고 살수를 펼쳤다는 사실도 인식하지 못한 그는 미칠 듯이 살려달라고만 했다.

"알았어. 살려줄게, 내 말 들어."

"말씀만 하십쇼."

"앞으로 우리 산채에 매달 백 냥씩만 적선해. 할 수 있겠지?"

"그럼요, 그럼요."

"그리고 오늘 일은 비밀이야. 굳이 말 안 해도 알지? 그럼 가봐."

청년이 부리나케 사라지자 무덕성이 터벅거리며 장한에게
로 돌아왔다.

"두목? 우리 두목 맞소?"

"이게 미쳤나? 그럼 내가 누구로 보이냐?"

"고수셨소?"

"미안하게 됐다."

"크하하! 미안할 게 뭐 있겠소!"

장한은 갑자기 와락 무덕성을 끌어안았다.

무덕성은 한참을 잠자코 있다가 그를 떼어냈다.

"너, 우냐?"

"갑자기 설움이……."

그는 팽하고 코를 풀더니 다시 훌쩍거렸다.

"앞으로는 당분간 먹고살 걱정 없을 거다. 저놈이 돈을 갖
다 줄 테니까. 그리고……."

그는 잠시 쉬었다가 다시 말을 이었다.

"나는 이제 떠나야 한다."

"네? 그게 뭔 소리요?"

"사내에게 가장 중요한 게 뭐라고 했지?"

"신의 말씀입니까요?"

"그래, 맞다. 나에게는 지켜야 할 약속이 있다. 그러니 이
해해 다오."

"돌아오는 거죠?"

무덕성은 한참만에야 고개를 저었다.

"잘 있거라."

그는 더 이상 질질 끌었다가는 눈물을 보일 것만 같았다.

파앗!

허공으로 치솟은 무덕성은 오 장 높이에서 나뭇가지를 찍어 누르고 재도약하더니 몇 번 만에 산 아래로 사라져 버렸다.

第五十四章
오극신공(五極神功)

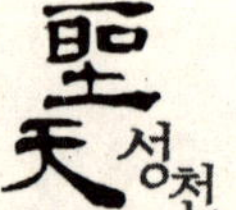

위지극은 한창 보법을 펼치고 있었다.

몸을 기묘하게 비트는가 하면 팔을 곧게 폈고, 다리가 흐물거리듯 움직이는가 싶더니 빠르게 앞으로 치고 나갔다.

그러기를 한 시진. 흘러내리는 땀이 옷을 흠뻑 적시고 땅을 물들였다.

"그만."

유진량의 말이 떨어지자, 위지극은 길게 한숨을 내쉬며 주저앉았다.

위지극은 이염에게 신법을 배우는 한편, 유진량에게서는 보법을 배우고 있었다.

이는 이염의 권유였다.

그는 자신의 신법이 멀리 이동할 때는 효용성이 큰 반면, 근접전을 펼치기에는 적당치 않았기에 유진량의 보법이 더 적당하다고 추천했다.

"촌장님의 무혼심결이 대단한 건지, 아니면 네가 대단한 건지 모르겠구나."

유진량은 혀를 내둘렀다.

곤륜파의 최절정 보법 곤륜대삼보 중 두 가지인 낙화상천보와 대운룡삼식을 이토록 단시간에 익힐 수 있다는 게 도저히 믿기지 않았다.

사십 년 이상을 익혀도 제대로 펼치기 힘들거늘, 어찌 몇 달 만에 팔성의 경지에 이를 수 있단 말인가.

"무혼심결 덕이겠죠. 선천진기를 사용하는 무혼심결이 곤륜의 무공과 잘 맞아떨어지는지도."

유진량은 위지극의 말에 일리가 있다고 생각했다.

실상 곤륜대삼보는 모두 진기의 성질이 크게 작용하는 보법이었다.

"어찌 됐든 다행이구나. 불가능이라고만 생각했는데 제때에 맞출 수 있게 됐어."

유진량은 가슴을 쓸어내렸다.

위지극이 유진량에게 보법을 배우기 시작한 다음날 촌장이 찾아와 협박했기 때문이다.

“육 개월 안에 대성시켜 놔! 안 그러면 죽을 줄 알아.”

진기까지 끌어올리며 무시무시한 음성으로 윽박지르는 촌
장 때문에 위진량은 잠을 설쳐야만 했다.
“무혼심결은 몇 성이나 성취를 이루었느냐?”
바닥에 주저앉아 헉헉대고 있다가 다시 기다란 한숨을 내
쉬었다.
“그게 말이죠, 오혼개천까지는 비교적 무난했는데, 그다음
단계로 올라가기는 여간 힘든 게 아니네요.”
“그렇게 말하면 나는 모른단다. 그 오혼개천이라는 게 어
떤 수준인지 모르니까 말이다.”
“아! 그렇지.”
위지극은 머리를 긁적이고는 말을 이었다.
“그러니까 총 여섯 단계 중 오혼개천은 다섯 번째 단계죠.
그러니까 하나 남았는데 그 하나가 말썽이라는 뜻이에요.”
“그럼 칠성쯤이겠구나.”
“그런 셈이죠.”
유진량은 더욱 이해되지 않았다
그가 생각하는 촌장은 무공의 끝을 본 사람이었다.
그런 그가 만들어낸 무공을 일 년 만에 칠성을 이뤘다?
하면 십성을 이룬다면 촌장과 비슷한 실력을 지니게 된단

뜻인가?

얼핏 생각해도 도무지 말이 되지 않는 이야기였다.

하지만…….

믿지 않을 수도 없었다.

보법을 가르치기 전에 유진량은 위지극에게 검법을 보여 달라고 했었다.

그리고 위지극이 펼친 혼원무혼검법을 본 유진량은 어처구니가 없었다.

그의 검법은 자신조차 상대하기 버거웠던 것이다.

그의 머릿속엔 오직 한마디만이 맴돌았다.

'어떻게……?

무혼심결의 정체가 대체 무엇이기에 이토록 짧은 시간 안에 이런 고수를 만들어낸단 말인가?

범부로서는 도저히 평가할 수 없는 사람이 바로 촌장이라는 사실을 그는 다시 한 번 깨달았다.

한참만에야 숨을 제대로 고른 위지극이 물었다.

"아저씨, 희명이는 나갔나요?"

"오늘 오후쯤에 떠나더구나."

"혼자요?"

"물론 아니지. 상천이와 같이 가던데?"

"괜찮을지 모르겠네."

위지극이 걱정스러운 듯 시무룩한 표정이자 유진량이 미

소 지었다.

"녀석도. 상천이라면 설사 적존교주라 해도 어찌하지 못할 친구이니 마음 푹 놓거라."

"그런데 왜 하필 염 아저씨래요? 희명이 아버지가 별로 안 좋아하실 텐데."

"오히려 그 이유 때문에 그가 따라간 듯싶구나. 오해를 풀고자 하는 마음도 있을 테고. 정 안 되면 실력으로라도 설득하고 돌아오겠지."

위지극은 곰곰이 생각하다 고개를 끄덕였다.

"하긴, 그도 그러네요. 어찌 됐든 저녁때나 출발하지. 배웅도 못했네."

낮엔 무명서고에서 수련하느라 밖으로 나올 시간이 없었다.

"하하, 녀석도. 날마다 보면서도 그러느냐?"

"당연하죠. 적어도 며칠은 못 볼 텐데."

위지극은 무슨 소리냐는 듯이 대답했다.

"알았다, 알았어. 자, 그럼 오늘은 이쯤에서 그만하고 들어가 쉬도록 하거라."

더 이상 뭐라 했다가는 위지극이 시퍼렇게 눈을 뜰 것만 같아 급히 마무리 짓는 위진량이었다.

*　　　*　　　*

육문산의 대전이 쩌렁거리며 울렸다.

"희명이가 돌아왔다고?"

우백이 태사의에서 벌떡 일어났다.

그리고 보고하던 적존교도가 미처 대답을 하기도 전에 대전 문이 열리며 두 사람이 들어섰다.

그들은 우희명과 서른 중반은 되었음 직한 중년인이었다.

"희명아!"

"아버지!"

우희명이 달려가 우백을 끌어안았다.

"이 못난 녀석."

우백이 딸아이를 안은 팔에 힘을 주었다.

"왜 이리도 아비 속을 썩이느냐."

"죄송해요."

"그래도 무사하니 다행이다. 성천자 놈과 함께 있다가 변을 당했다 들었는데."

"큰 부상이긴 했지만, 성천에 있는 어떤 분이 말끔히 고쳐 주셨어요."

우백이 우희명의 얼굴을 똑바로 쳐다보며 말했다.

"앞으로는 그들에게 분이란 표현을 쓰지 말거라. 그들은 모조리 비겁자야."

"그렇지 않아요. 알고 보면……."

"시끄럽다!"

“아버지.”

“그들은 우리의 적이다. 그 이상도 이하도 아니야. 그리고 그놈은 어디 있느냐?”

“누구 말씀이세요?”

“성천자 말이다.”

우백은 생각만 해도 울화가 치미는지 그답지 않게 얼굴이 시뻘게졌다.

“극이는 아직 그곳에 있어요. 그리고 이제부턴 아버지도 극이를 그렇게 부르면 안 돼요.”

“안 된다니? 뭐가 안 된단 말이냐?”

우희명의 얼굴이 살짝 붉어졌다.

“몰라서 그러세요? 사위한테 놈이라 하시면…….”

“희명아!”

우백이 팔을 풀고 한 걸음 떨어졌다.

“이 아비에겐 목표가 있다. 풀고 싶은 한도 있다. 이를 위해서 그는 없어져야만 한다. 너는 그새 잊었느냐? 네 할아버지가 당하신 일을 말이다.”

우백의 노성에 우희명은 의미 모를 미소를 지었다.

우백의 눈빛이 한층 날카로워졌다.

“왜 웃는 게냐?”

“아버지가 모르시는 게 있어요.”

우백은 잠자코 그녀를 노려보고만 있었다.

우희명은 그런 무서운 눈빛을 피하지 않고 있다가 드디어 입을 열었다.

"할아버지께서는 돌아가시지 않았어요."

"……!"

"성천에서 뵈었어요. 정정하게 살아 계시던데요?"

우희명의 말에 우백은 머리가 멍해졌다.

순간 그는 딸아이의 정신이 이상해졌거나, 성천에서 허튼 짓을 한 게 아닌가 하는 의심이 들었다.

"대체 무슨 헛소리를 하는 거냐? 그분은 염상천에게 오래전에 죽임을 당하셨다."

우희명은 고개를 설레설레 저었다.

"아니에요. 할아버지께선 무사하실 뿐만 아니라 성천에 계시는 동안 무공도 크게 느셨어요."

"허!"

그는 어이없다는 듯이 천장을 올려다봤다.

뒤이어 사사를 돌아보며 물었다.

"사사, 말 좀 해보게. 희명이가 어찌 저런 말을 한다고 생각하나?"

하지만 사사는 그를 쳐다보고 있지 않았다.

그의 눈은 우희명과 함께 등장한 중년인에 고정되어 있었다.

"사사?"

"교주님, 아무래도……."

사사가 막 입을 열려 할 때였다.

"아버지, 이걸 보시면 제 말을 믿으실 거예요."

우희명이 둘 사이에 끼어들며 품속에서 낡은 패를 하나 꺼냈다.

그것을 받아 든 우백은 순식간에 안색이 창백하게 변했다.

"이, 이것……."

그는 말을 더듬었다.

패를 든 손도 떨고 있었다.

'적존패!'

적존교의 유일한 신물이었으나 부친과 함께 사라졌던 물건, 적존패였다.

"네가 이것을 어떻게 가지고 있느냐?"

"말씀드렸잖아요, 할아버지를 만났다고."

"하면, 그분께 직접 받은 것이냐?"

"분명히요."

우백은 크게 흔들렸다.

우희명이 거짓을 말하는 듯 보이지는 않았다.

'사실이란 말인가? 진정 아버님이 살아 계신단 말인가?'

그는 반신반의했다.

성천에 대한 분노가 그만큼 컸기 때문이다.

"그들이 아버님을 해하고 물건만 얻었을 수도 있지 않느냐?"

"나는 그런 짓을 하지 않소."

우희명과 함께 대전에 들어온 중년인이 나직이 말했다.

그 음성은 비록 크지 않았지만 진중하고도 무거워 말한 이의 진심이 가득 담겨 있었다.

우백이 그를 번뜩이는 눈빛으로 쳐다봤다.

"그대는 누군가?"

"염상천이라 하오."

"방금 뭐라고……?"

"내가 그대의 부친과 겨루고 그를 설득해 성천으로 데려갔던 염상천이오."

"헛소리 말아라!"

우백의 노성이 대전을 휘저었다.

"염상천이 아버님과 부딪친 것은 사십 년 전이다. 그런데 네놈이 염상천이라고?"

중년인은 아무리 많게 봐줘야 서른 중반이었다. 아니, 어쩌면 이제 막 서른이 되었을 수도 있었다.

"나는 거짓을 말하지 않소."

중년인은 확고했다.

절대 뜻을 굽힐 것 같지 않은 그의 태도.

이에 우백은 화가 머리끝까지 치솟았다.

"오냐, 네가 염상천인지 아닌지 내 직접 확인해 보마."

스스슷.

우백이 한 걸음 내디뎠다.

그와 동시에 전신에서 은색 아지랑이가 피어오르기 시작했다.

"아버지! 저분이 정말 염 대협이세요!"

"조용하거라!"

우백이 버럭 소리치며 다시 한 걸음 전진했다.

사사의 목소리가 들린 것은 바로 그때였다.

"교주님."

아무리 우백이라도 그의 말을 무시할 수는 없었다.

"뭔가?"

"드릴 말씀이 있습니다."

"말해보라."

사사의 어깨가 미미하게 한차례 떨렸다.

"안타깝게도, 그의 말은 사실입니다."

"사사……?"

"그가 바로 염상천입니다. 전대 적존교주님과 겨뤘던 그 염상천 말입니다."

순간 우백은 섬뜩한 기분이 들었다.

그것은 중년인이 염상천이라는 사실 자체 때문이 아니었다.

"저자가 염상천임을 어찌 아는 건가? 그대는 직접 본 적이 없지 않은가?"

사사의 어깨가 다시 한차례 떨렸다.

이전보다 더 큰 떨림이었다.

"저는 그런 말씀을 드린 기억이 없는데 어찌 그리 생각하시는지요?"

우백은 그를 놀란 눈으로 쳐다봤다.

물론 사사는 그런 말을 한 적이 없었다.

그러나 사사의 나이를 생각하면 당연한 일이었다.

그가 처음 가르쳐 준 나이를 생각하자면 그는 이제 막 마흔다섯이 되었던 것이다.

하면 갓난아기일 때 염상천을 만났단 말인가?

말도 안 되는 소리였다.

바로 그 순간!

"조심하시오!"

콰콰콰!

염상천의 대성이 터져 나왔고, 그와 동시에 사사의 우장이 벼락처럼 우백을 향해 덮쳐 왔다.

하나 우백이 누군가?

삼천 신도를 거느리는 적존교주 아니던가?

"감히!"

노호성을 지른 우백은 묵색으로 변한 좌수를 내질렀다.

콰쾅!

"아악!"

두 사람 사이로 공기가 폭풍처럼 휘몰아쳤고, 그 충격을 이기지 못한 우희명이 대전 벽에 거세게 부딪쳤다.

"크으윽."

우백은 비틀거리며 세 걸음을 물러났다.

그리고 바닥엔 그가 남긴 발자국이 깊게 파였다.

숙였던 고개를 든 우백의 얼굴이 사정없이 일그러져 있었다.

단 한 수의 격돌이었지만, 자신이 밀렸다.

거기다 내상까지 입은 듯 진기가 미칠 듯이 요동치기 시작했다.

하나 정작 놀라운 사실은 자신이 밀렸다는 게 아니었다.

사사가 사용한 무공.

바로 그것이 문제였다.

"네놈이 어찌 오극진기를!"

"놀라셨습니까?"

"감히 비급을 훔쳐보았구나."

오극진기는 오직 오극심결을 통해서만 도인할 수 있었다.

그리고 그 오극심결은 흑천검마에게서 받은 오극신마의 독문심결이었고, 비급을 사고(死庫)라 이름 붙인 비밀방에 보관하고 있었다.

그러니 자신을 직접 보필하는 사사라면 사고의 열쇠를 복사해 내는 일도 무리가 아니었다.

하지만 사사는 고개를 저었다.

"교주, 훔쳐봤다는 표현은 적당치 못한 것 같습니다. 그건 처음부터 저의 것이었습니다."

"뭐, 뭐라?"

우백이 칼날처럼 날카로운 눈빛으로 사사를 쏘아보았다.

사사는 어깨를 떨더니 굳은 표정으로 자신을 쳐다보고 있는 염상천을 향해 입을 열었다.

"오랜만이야, 상천."

"그렇구려."

"그때는 어렸었는데, 언제 이리 장성했는가?"

"세월은 멈추지 않으니 자연스러운 이치 아니겠소."

"그래, 그렇구먼."

"언제까지 그걸 뒤집어쓰고 있을 거요?"

"아, 이거 말인가?"

사사는 전신을 덮고 있는 검은 천을 들썩였다.

"자네가 원한다면 내 벗어버리지."

팍!

얼굴까지 덮고 있던 천이 일순간에 찢겨 나가 허공에 너풀 거렸다.

그리고 드러나는 사사의 진면목!

그는 의외로 말쑥한 얼굴의 중년인이었다.

얼굴은 창백하다 싶을 정도로 하얗고, 팔은 오색으로 얼룩져 있었다.

그 기이한 팔을 본 우백의 눈이 찢어질 듯 커졌다.

그는 오색 얼룩의 정체를 알고 있었던 것이다.

'오경반(五耿斑)?'

오극신공이 대성을 넘어 극성에 이를 때에야 비로소 나타나는 현상.

우백도 오르지 못한 지고한 경지가 바로 저 오경반이었다.

"그대가……."

"이제야 제 말을 믿으시는군요. 그렇습니다. 제가 바로 오극신마입니다."

우백은 순간 바보가 된 기분이었다.

지금 이들이 무슨 소릴 하고 있는 것인가?

누가 염상천이고 누가 오극신마란 말인가?

염상천이야 그렇다 치더라도 오극신마는 무려 육백 년 전 사람이다.

하지만…….

단순히 거짓이라 단정 짓지도 못했다.

오경반, 적존패, 그리고 둘의 대화, 우희명의 믿음, 이 모든 게 사실이라 말해주고 있지 않은가?

사사가 입을 열었다.

"그대들은 정말 열정적이었습니다. 제가 감동할 정도로 말입니다."

“뭐가 말이냐?”

“흑천검마, 그리고 교주님이지요.”

“그럼 비급은?”

“제가 흑천검마가 찾도록 놔두었지요. 그는 복수에 눈이 어두웠고, 또한 어리석었답니다. 그래서 속이기도 매우 쉬웠습니다. 덥석 꺼내 물더군요. 그가 눈물을 흘리며 기뻐하는 모습을 숨어서 지켜보며 얼마나 웃었는지 모릅니다.”

우백은 치솟는 분기에 전신을 부들부들 떨었다.

똑똑히 기억났다.

당시 백부가 얼마나 기뻐하셨던가?

원한을 갚을 수 있게 되었다며 얼마나 즐거워하셨던가?

“백부께서 사죽림과 손을 잡도록 한 것도 그대인가?”

“당연하지요. 아니, 어쩌면 말이 조금 틀렸군요. 제가 바로 사죽오호(死竹五號)니 말입니다.”

“사죽오호?”

“크크크, 사죽림의 다섯째라는 말씀이지요. 그리고 이왕 이렇게 된 김에 몇 가지 더 알려 드리지요. 성천자 위지극을 아가씨와 만나게 한 것도 저입니다. 물론 그리 쉽게 사랑에 빠질 줄은 저도 미처 예상하지 못했지만.”

“뭐라?”

“위지극은 매우 멍청한 아이더군요. 성천에서 나오자마자 함정에 걸려들어 한참만에야 빠져나왔으니까요. 그리고 향한 곳이 금창사가 있는 난주였지요. 그래서 흑령과 아가씨에게 적당한 일거리를 주어 그곳으로 보냈습니다. 어떻게 됐을 것 같습니까? 하하하! 아가씨께서는 단번에 사랑에 빠지셨습니다. 저에게 그를 찾아달라 부탁까지 했거든요. 뿐만 아닙니다. 아가씨께서 위지극에게 실망하고 있을 때 제가 직접 찾아가 조언을 드린 적도 있습니다.”

우희명이 들었으면 기절초풍할 소리였으나 다행히도 그녀는 이미 기절해 있어 사사의 말을 듣지 못했다.

“네놈의 말은 뭔가 이상하군. 어떻게 성천자가 나올 것을 알았단 말이냐? 성천의 위치는 강호에 아는 사람이 없거늘.”

“저런저런. 당연히 알 수 있습니다. 악공성천이란 글을 시신에 새긴 사람이 바로 저희 사죽림임을 잊으셨습니까? 몇 번 그 짓을 하다 보면 성천에서 사람을 내보내겠지요. 저희가 할 일은 성천 앞에서 사람이 나오길 기다리기는 것이었습니다. 그리고 성천의 위치는 말입니다.”

사사의 입가에 희미한 미소가 떠올랐다.

“사죽림이 바로 성천에서 나온 사람들의 조직이니 위치를 모른다는 게 말이 안 되지 않습니까. 크크크.”

“……!”

우백은 할 말을 잃어버렸다.

“아셨습니까? 제가 적존교에 들인 공이 얼마나 큰지. 그리고 이후에도 많은 일을 했지요. 예를 들면, 성천자가 이미 임

씨세가에 있다는 사실을 알고 적오단과 소수의 적룡대만을 보내 공멸하게 했고, 무당파의 공격을 북무림에 알려주어 양패구상을 유도했지요.”

“대체!”

우백이 시시덕거리고 있는 사사의 말을 끊었다.

“무엇 때문에 그런 짓을 한 거냐? 무엇을 얻고자 그랬단 말이냐?”

사사가 한 일은 그야말로 허망한 것이었다. 애써 적존교를 키우고 나서 공멸하게 만들었으니.

“재미있지 않습니까?”

“……”

“서로 죽고 죽여 시체가 산을 이루고 피가 강을 이루는 게 어찌 재미있지 않습니까? 제 잘난 맛에 날뛰는 자들, 그들을 속여 피를 쏟아내게 하는 것이 얼마나 즐거운 일…….”

“이놈!”

더 이상 참지 못한 우백이 노호성을 터뜨렸다.

화아아!

그와 함께 우백의 신형이 일순간 늘어났고, 사사에게 쇄도했다.

그의 양손에서 쏟아져 나온 오색 진기가 사사의 전신을 뒤덮었다.

그러나 찰나의 순간에 만들어진 또 다른 오색 진기는 찬란히 빛나는 벽을 만들었다.

쾅쾅!

무너질 듯 흔들리는 대전.

공기가 일그러졌다 폭발했고, 사방에서 돌가루가 떨어져 내리는 가운데 우백이 튕겨져 나왔다.

“흐으음.”

우백의 창극혈장은 사사의 오극마벽에 가로막혀 뜻을 이루지 못했다.

게다가 이미 부상을 당한 상태에서 무리하게 공력을 일으키는 바람에 내상이 더욱 깊어졌다.

자신이 천하제일이라 여겼던 우백으로서는 참으로 참혹한 일이었다.

“싸울 때 싸우더라도 말은 끝까지 들으셔야 하지 않겠습니까? 그렇게 갑자기 덤벼들면 이 사사가 놀란 나머지 힘 조절을 못하지요.”

우백이 날뛰는 진기를 다스리느라 대답을 못하는 사이 염상천이 입을 열었다.

“그런데 갑자기 왜 마음이 변해서 정체를 드러내는 거요?”

“상천이, 나는 바보가 아닐세. 아가씨와 함께 자네가 찾아온 이유가 뭐겠는가? 전대 적존교주의 뜻이니 싸움을 멈추라 말할 셈 아니었나?”

“그렇소.”

"그러니 정체를 드러낼 수밖에."

"그게 전부요? 절대 그럴 리가 없을 텐데. 보시다시피 적존 교주는 우리의 말을 믿지 않았잖소? 당신이 예전에 했던 것처럼 옆에서 거들기만 했어도 그는 쉽게 우리의 뜻에 따르지 않았을 거요."

"어허, 왜 그러시나. 만약 계속 교주가 믿지 않았다면 자네가 힘으로라도 교주를 제압했겠지. 내 말이 틀렸나?"

염상천은 대답하지 않았다.

옆에서 우백이 듣고 있는지라 차마 그를 무시할 수 없어서였다.

그러나 오극신마의 말은 맞았다.

촌장은 실제로 그리 당부했었다.

말을 듣지 않으면 힘으로라도 끌고 오라고.

어찌 됐든 그는 앞으로 성천을 이끌어갈 위지극의 장인이었으니 차마 죽일 순 없는 노릇이었다.

"그러니 내가 나설 수밖에. 이렇게 재미없게 끝내기는 싫었거든. 그러나……."

사사가 히죽거렸다.

"자네 말대로 그게 다는 아닐세. 드디어 그분의 명이 떨어졌고, 우리가 기다리던 때가 도래했거든."

"무슨 뜻이오?"

"그건 비밀이라네."

염상천은 그가 더 이상 입을 열지 않으리라는 사실을 알고 우백에게 물었다.

"견딜 만하오?"

"나를 어찌 보는 것이냐? 나는 이 정도로 무너지지 않는다."

우백이 씹어뱉듯이 말하자 염상천이 고개를 끄덕였다.

"좋소. 협공을 하는 게 어떻겠소? 솔직히 말해 나 혼자로선 자신이 없는데."

우백이 미간을 찌푸렸다.

"싫다고 말하고 싶지만……."

그의 입가에 한줄기 기이한 미소가 떠올랐다.

"도움을 청하니 어쩔 수 없군."

우백은 허리를 곧게 폈다.

들끓던 진기가 어느 정도 가라앉았고, 사사로 인한 분노로 잃었던 이성도 되찾았다.

이제 남은 것은 한 가지.

자신과 적존교를 가지고 논 사사에게 그 대가를 치르게 하는 것이었다.

그때였다.

"아버지……."

충격으로 정신을 잃었던 우희명이 그제야 눈을 떴다.

그녀는 상황을 파악하려 두리번거렸다.

사사가 암습을 가했던 것까지는 기억이 났다.

그렇지만 지금 보이는 상황은 뭔가?

처음 보는 남자가 서 있고, 부친과 염 대협은 그를 협공하려는 듯하지 않는가?

그녀가 막 뭐라 할 때 우백이 먼저 소리쳤다.

"혈금!"

쿠쿠쿵!

그 말과 동시에 교주를 호위하는 다섯 명의 혈금이 천장을 뚫고 떨어져 내려 부복했다.

"희명이를 데려가라."

"존명!"

"그리고 너는 성천으로 돌아가거라."

"아버지……."

"이번만은 이 아비 말을 들어! 후에 찾아갈 테니 걱정하지 말고."

"아, 아버지!"

"뭣들 하느냐, 어서 데려가지 않고?!"

불호령이 떨어지자 혈금이 우희명에게 달라붙었다. 그리고 발버둥치는 그녀를 억지로 끌어냈다.

"어딜 가려고!"

콰콰콰!

사사의 좌수가 흔들리는 순간 우백이 펼쳤던 것보다 더욱 강맹한 창극혈장이 폭사되었다.

염상천이 움직인 것은 바로 그때였다.

그의 신형이 푹 꺼지더니 삼 장의 거리를 격하고 우희명 앞에 나타나 검을 휘둘렀다.

터터터터텅!

후드드득!

번개 같은 일초!

염상천의 독문 무공인 남평보와 회천무류검이었다.

요란한 소리를 내며 검에 부딪친 오색 진기는 사방으로 날아가 벽에 구멍을 내었다.

그사이 혈금은 우희명을 안고 대전을 빠져나갔다.

"못 보던 동안 실력이 많이 늘었군, 상천이."

사사는 입맛을 다시며 말했지만, 우희명을 놓친 것에 대해 큰 불만은 없는 듯 보였다.

"당신은 많이 약해진 듯하오."

"크크크크."

그는 염상천의 도발에도 웃음으로 대응했다.

강자만이 가질 수 있는 여유였다.

오히려 우백이 식은땀을 한 바가지는 흘렸다.

"딸아이를 구해줘서 고맙소."

"희명이는 착한 아이요."

우백의 말에 염상천은 담담히 대답했다.

"맞는 말이오. 착한 아이지. 자, 남은 사람들끼리 시작해
봐야겠지?"

"그렇소."

두 사람이 동시에 사사를 노려봤다.

"재미있군, 재미있어. 내가 이래서 강호를 좋아한다니까.
은원이 얽히고설키는 곳, 그곳이 바로 강호 아니겠는가."

그의 말은 묘하게도 맞아떨어졌다.

우백이 불공대천의 원수라 믿어왔던 염상천과 함께 합공
을 펼치리라 그 누가 예상했겠는가?

"잠시 후에도 그런 소리가 나오는지 두고 보겠다, 사사!"

콰콰쾅!

우백의 노호성을 신호로 얼음장처럼 차가운 검광과 오색
빛깔을 뿌리는 진기가 대전 안에 휘몰아치기 시작했다.

*   *   *

"유 아저씨, 어때요?"

위지극이 활짝 웃으며 물었다.

유진량은 잠시지간 멍하니 그를 바라보다 천천히 고개를
끄덕였다.

"훌륭하구나."

"그렇죠? 제대로 한 거 맞죠?"

“그래.”

유진량은 힘이 없어 보였다.

그도 그럴 것이, 위지극이 펼친 낙화상천보는 완벽했다.

유진량은 낙화상천보를 완성하는 데는 백 년이 넘게 걸렸다. 한데, 그런 고절한 무공을 위지극은 석 달 만에 해내었다.

그러니 맥이 풀릴 수밖에.

얼굴에 떠올라 있는 미소도 어딘가 어색했다.

‘이런 놈인 줄 정말 몰랐구나.’

꽤 오랫동안 봐온 위지극이지만, 그가 이 정도의 무골일 줄은 상상도 하지 못했다.

위지극을 후인으로 점찍은 촌장의 놀라운 안목이 새삼 경탄스러웠다.

“이제 돌아가자.”

“벌써요?”

평상시에 비하면 한 시진이나 빨랐다.

“듣지 못했느냐? 오늘 마을 화의를 연다고 촌장님께서 말씀하셨는데?”

“아! 그렇구나.”

위지극이 손뼉을 탁 쳤다.

잊고 있었다.

낙화상천보를 대성했다는 기쁨이 너무도 큰 나머지 다른 생각이 모조리 사라져 버렸다.

위지극은 입고 있는 옷을 만지작거렸다.

땀 냄새가 강하게 올라왔다.

"이대로는 안 되겠죠? 냄새가 심한데."

"갈아입고 갈 시간은 있다."

"굳이 안 그래도 돼요."

위지극은 빙긋 웃었다.

그를 중심으로 대기가 점점 비틀렸다.

스스스.

마치 모든 자연기가 그를 향해 모여드는 듯했다.

유진량은 그 기이한 광경을 눈 하나 깜짝하지 않고 지켜보고 있었다.

그러던 어느 한 순간, 위지극의 옷이 터질 듯이 팽창했다.

팍!

그리고 뿌연 연기가 뿜어져 나왔다가 허공으로 사라졌다.

"됐어요. 이제 가요."

"뭐 한 거냐?"

"땀을 말린 거죠."

"……?"

유진량은 조금 당황스러웠다.

물에 젖은 옷을 말린단 말은 들어봤어도 땀을 말린단 소린 처음 들었다.

그리고 젖은 옷을 말리는 것쯤은 어렵지 않은 일이었다.

전신을 뜨겁게 만들거나 진기를 밖으로 발출만 해도 옷 정도는 쉽게 말렸다.

그런데 땀을 말렸다는 것은?

유진량은 혹시나 해서 위지극의 옷을 살펴보았다.

냄새가 없었다.

아니, 없는 건 아니었지만, 그것은 퀴퀴한 땀 냄새가 아니라 향기로운 꽃향기였다.

그 향기는 옆 둔덕에 피어 있는 꽃의 향기와 같았다.

"설마하니 너……?"

"네?"

"이놈들의 생기를 흡수한 거냐?"

그가 둔덕을 가리켰다.

"에이, 말도 안 돼요. 제가 무슨 괴물도 아니고. 단순히 향기만 가져온 거예요, 허공에 떠돌아다니는."

"허!"

유진량은 탄성을 냈다.

'허공의 향기를 흡수한다? 그게 가능한 일인가?'

진기와 향기는 엄연히 달랐다.

일정한 경지에 오르면 자연에 깃든 기운을 자신의 것으로 만들 수 있다.

하지만 그것이 몸 안으로 들어오게 되면 이전의 성질을 잃어버렸다.

위지극의 말은 그 성질을 변화시키지 않고 온전히 자신의 것으로 만들었다는 뜻이었다.

"그게 무혼심결의 특성이냐?"

"글쎄요. 다른 심공을 알지 못해서 정확히 말씀드리기가……."

"대부분은 이렇다."

그가 우수를 쫙 펴서 허공을 쓸었다.

그러나 아무 일도 일어나지 않았다.

소리도 없었고, 보이는 것도 없었다.

"잘 보았느냐?"

"네."

"너의 것과 비교하면 어떠냐?"

비록 아무 변화도 없는 듯했지만 위지극은 방금 그가 무엇을 했는지 알았다.

"확실히 다르네요. 아저씨는 허공에 떠 있는 진기를 본래의 진기에 흡수시켰군요."

"바로 보았다."

"무혼심결은 달라요."

"다르다?"

"네. 확실히 달라요. 무혼심결은 진기를 흡수하는 게 아니라 융화시키는 거거든요. 예를 들면……."

위지극이 이제 막 떨어져 녹색을 간직하고 있는 솔잎을 한

움큼 쥐었다.

그가 주먹을 다시 폈을 때, 녹색은 어느새 황색으로 변해 있었다.

"지금은 좀 과하게 하긴 했지만, 이런 거죠."

위지극이 다시 허공에 손을 휘젓자 솔잎 향기가 자욱하게 피어나왔다.

"흐으음."

유진량이 미미하게 고개를 끄덕였다.

융화시킨다는 위지극의 말을 이해할 듯했다.

"알겠구나. 그러니깐 무혼심결은 자연기의 이전 성질을 온전히 보존할 수 있다는 뜻이로군. 단지 그것을 체내에서 융합시켜 사용하고?"

"정확히 말하자면 조화를 이루게 하는 거죠."

"그렇겠구나. 그러니 만약 조화를 이루지 못한다면."

위지극이 씨익 웃었다.

"죽겠죠."

유진량은 겉으로는 태연한 척했지만, 속으로는 몹시 놀라고 있었다.

위지극의 말대로라면 백 가지면 백 가지, 천 가지면 천 가지 제각각의 성질을 지닌 진기가 몸 안에서 조화를 이루고 있다는 뜻이었다.

그리고 그것을 장력에 응용할 수도, 검에 주입할 수도 있을 테니 이 어찌 놀라운 일이 아니겠는가?

무혼심결은 그야말로 자연기 자체를 다루는 심공이라 할 수 있었다.

"그렇지만 무혼심결도 큰 힘을 내기 위해선 그것들의 성질을 일시에 변화시키기도 해요. 그래도 변화 후에는 다시 예전의 성질로 되돌아갈 수 있죠."

"휴……."

유진량은 머리가 지끈거렸다.

아무래도 무혼심결의 지고함을 이해하려면 시간이 걸릴 듯했다.

"그런데 오늘은 왜 모이라 하신 거래요?"

위지극이 갑자기 물었다.

"나도 모르겠구나. 사실 촌장님은 마을 화의를 소집할 때 딱히 이유를 밝히신 적이 없거든."

"촌장님은 비밀이 많은 것 같아요."

"그래도 우리 중에서 네가 제일 많이 알걸?"

"그런가요?"

위지극이 머릴 긁적였다.

第五十五章
새로운 촌장

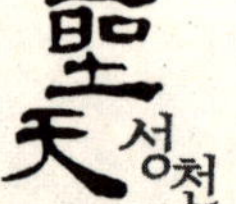

위지극과 유진량이 마을 회의가 열리는 널따란 공터에 도
착했을 때는 이미 많은 사람이 모여 있었다.

위지극은 위지령 옆에 가서 주저앉았다.

위지령은 그의 머리를 한번 쓰다듬어 주고는 다시 앞을 향
했다.

막 촌장이 위선과 함께 걸어오고 있었다.

촌장이 나무 의자에 앉자 웅성거리던 사람들이 일시에 조
용해졌다.

먼저 입을 연 것은 위선이었다.

"오늘은 아마도 태평촌 역사상 가장 중요한 날이 될 것입

니다."

"도대체 뭔 일인데 저래?"

"글쎄?"

"열 명쯤 한 번에 입촌이라도 하는 건가?"

조용했던 좌중이 갑자기 시끌시끌해졌다.

"그럼 촌장님께서 말씀하시겠습니다."

촌장이 의자에서 일어섰다.

그는 아무 말 없이 좌중을 쓸어보더니 머리를 벅벅 긁적였다.

"막상 이런 날이 되니까 뭐라 해야 좋을지 모르겠구먼."

모두의 시선이 촌장에게 모여졌다.

촌장의 이상한 행동에 다들 의아한 표정이었다.

촌장은 단 한 번도 행동을 하는 데 망설임이 없었다. 거침없이 일을 진행하는 게 바로 촌장의 방식 아니었던가?

한참만에야 촌장이 한 사람을 바라봤다.

"장가야."

"네?"

"네가 들어온 게 언제였더라?"

"흐음. 저도 기억이 잘 나지 않는데, 한 칠팔백 년 되지 않았을까요?"

"그랬구먼. 그동안 후회는 없고?"

"당연히 없지요."

“네가 복수하려고 할 때 내가 말렸었지.”

“저를 기절시켜서 말리셨지요.”

“확실히 그랬지. 그때 일을 지금 생각하면 어떤가?”

“모두 잊었습니다. 세월을 두고 생각하면 그놈이 저질렀던 짓도 어느 정도 이해가 가더군요.”

촌장은 크게 고개를 주억거렸다.

“그래그래, 그러면 됐고. 노씨는 들어온 지 얼마나 됐지?”

이번엔 장씨 옆에 앉아 있는 사람에게 물었다.

이후로 촌장은 한 사람 한 사람에게 모두 말을 걸었고, 그들의 이야기를 들었다.

불만을 말하는 사람도 있었고, 감사를 표현하는 사람도 있었다.

그러나 대체로 태평촌의 촌민이 된 사실에 대부분 만족하는 분위기였다.

‘갑자기 왜 저러시지?’

위지극은 불안했다.

지금 촌장이 하는 행동이 마치 작별을 고하는 사람처럼 보였기 때문이다.

마지막으로 위지극의 차례가 되었다.

“위지극!”

위지극이 벌떡 일어섰다.

“이리 나와.”

위지극은 위지령을 힐끗 바라보고는 앞으로 나갔다.

촌장은 그가 자신 옆에 서자 좌중을 돌아보며 말했다.

“아는 사람도 있겠지만, 극이는 나의 후인이야. 불만있으면 지금 말해.”

좌중이 조용한 가운데 손을 번쩍 쳐드는 사람이 있었다.

그는 일전에도 밖에 나가겠다고 악을 썼던 초웅이었다.

“뭐가 불만인데?”

“왜 극입니까? 극이는 너무 어린데다 무공도 약하지 않습니까?”

“넌 몇 살인데?”

“백열셋입니다.”

“지금 나이 많은 거 자랑하냐?”

“그게 아니라 연륜이 부족하다는 뜻이지요.”

“경험과 연륜은 비례한다. 솔직히 말하자면 너보다는 극이가 더 경험이 많다. 너, 죽을 뻔한 적 있어?”

“아, 아니요.”

“극이는 여러 번 있다. 너, 강호에 친구 있어?”

“없습니다. 예전엔 있었지만 지금은 아마 다 늙어 죽었을 거예요.”

“극이는 여러 명이 살아서 돌아다니고 있다. 그리고 이놈이 이리 보여도 무려 사십이 넘었어. 사십이면 불혹이다. 그게 어리냐, 이놈아?"

"……."

초웅은 순간 꿀 먹은 벙어리가 되었다.

촌장의 말은 틀린 게 하나도 없었다.

그래도 초웅이 뭔가 석연치 않은 표정을 하고 있자, 촌장이 위지극에게 말했다.

"다음번에 강호에 일이 생기면 꼭 저놈을 보내라."

"그건 촌장님이 결정하실 일인데 왜 저에게……?"

위지극이 의아해 물었으나 촌장은 위지극의 말을 무시하고는 초웅을 쳐다봤다.

"이제 됐지?"

초웅은 입술을 한 번 씰룩이고는 자리에 앉았다.

"촌장님?"

"무혼심결은 많이 익혔느냐?"

촌장은 위지극에게 질문을 허락하지 않고 자신이 할 말만 했다.

위지극은 대답하지 않을 수 없었다.

"오혼개천까지 이뤘습니다."

"예상보다 빠르구나. 너에게 그만큼 자질이 있다는 뜻이다."

"과찬이십니다."

"나는 과찬을 할 줄 모르는 사람이다. 너는 네 실력에 자부심을 가져도 좋다."

촌장이 다시 좌중을 돌아보며 크게 소리쳤다.

"오늘부터 태평촌의 촌장은 이 아이다!"

"네?"

"어?"

"촌장님?"

위지극뿐만 아니라 곳곳에서 놀람의 소리가 터져 나왔다.

"오늘부터요?"

위지령이 물었다.

"그래. 오늘부터다. 촌장이래 봐야 할 일이 많지 않으니 걱정할 것 없다."

"그게 아니고, 그럼 촌장님은 뭐 하시려고요? 혹시 어디 가시나요?"

촌장이 피식 웃었다.

"잘 보았다. 나는 떠난다."

좌중이 시장통처럼 시끄러워졌다.

갑자기 웬 날벼락이란 말인가?

"어허, 조용조용. 나 하나 없다 해서 태평촌이 들썩일 필요는 없어. 아니면 그 정도의 수양도 못 쌓은 사람이 이곳에 있었나? 내가 사람을 잘못 보고 들인 건가? 엉?"

촌장의 눈에서 무서운 불똥이 쏟아지는 듯했다.

이에 모두는 입을 다물었다.

사실 촌장이 없다 해서 직접적으로 달라지는 것은 없었다. 다만 항상 마을에 있는 게 당연하다 여기던 사람이 떠난다 하니 당황스러울 뿐이었다.

"그럼 어디로 가시나요?"

위지령이 다시 물었다.

촌장의 입가에 미소가 감돌았다.

"이제야 하는 말이지만, 난 이번 일을 오랫동안 미뤄왔어. 령이 자네가 이곳에 들어오고 극이가 태어나길 기다리면서 말이지."

"무슨 말씀이세요?"

"후인을 정하기 전엔 떠날 수 없었단 말이야. 이제 극이가 자격을 갖추게 되었으니 이제야 그동안 미뤄왔던 일을 하려는 거라네."

알쏭달쏭한 말이었다.

"극아, 네게 당부하고 싶은 일이 있다."

태평촌장이 조용한 미소를 지으며 위지극을 돌아봤다.

"무혼심결을 대성하기 전까진 강호에 나가지 말거라. 다른 놈들은 몰라도 그놈은 대성을 이루지 못한 상태라면 이길 수 없다."

"그놈이라니요?"

"사죽림주 말이다."

촌장의 입에서 처음 나온 사죽림주란 말.

위지극은 기이하게도 그 말을 듣는 순간 사죽림주란 자의
강함이 전달되어 왔다.

"그리고 다른 사죽림의 생사는 너에게 맡기겠다만, 사죽림
주란 놈만은 반드시 죽이거라. 알겠느냐?"

"촌장님."

위지극의 음성이 낮게 가라앉았다.

"그자의 정체가 뭡니까? 무엇이기에 그자만은 죽이라 하십
니까?"

위지극은 촌장에게 사정이 있다 생각하고 원래는 나중에
물을 셈이었다.

그러나 촌장이 떠난다고 하니 더 이상 미룰 수 없었다.

"후에 그놈을 만나거든 직접 물어보아라."

"……."

촌장의 대답은 위지극의 예상대로였다.

그는 말할 생각이 없는 듯했다.

"그보다 네가 알아야 할 게 또 한 가지 있다. 무오가 누군
지 알고 있지?"

"어떻게 아버지를?"

위지극이 흠칫 놀라 소리쳤다.

위지령도 그 말에 한차례 몸을 떨었다.

너무도 오랜만에 듣는 이름이었다.

"맞다. 네 부친이다. 그런데 그에 얽힌 일 중 네가 모르는

게 있다.”

“그, 그게 뭡니까?”

“무오에겐 동생이 있었다.”

“네?”

“예?”

위지령과 위지극이 동시에 물었다.

“그는 아이가 없다가 육십이 거의 다 되어서야 겨우 딸 하나를 얻고 유명을 달리했다.”

“딸이라면……”

“그래. 너에겐 사촌이 되겠구나. 나는 그 아이를 무당에 맡겼다. 물론 내가 직접 하진 않았지.”

그러면서 위선을 쳐다봤다.

그러자 그가 대답했다.

“제가 대신 했지요.”

“아저씨가요?”

위선은 조용한 미소와 함께 고개를 주억거렸다.

“그래서 어떻게 됐나요? 아! 그런데 여자가 어떻게 무당파에……?”

위지극이 갑자기 생각난 사실에 급히 물었다.

무당은 여인의 입문이 허락되지 않았다.

“정식으로 입문하진 못했다. 해서 도호도 없다. 덕분에 그 아이의 존재를 아는 사람도 많지 않았지. 어찌 됐든 그 아이는 장성해서 지금은 강호에 있다. 때가 되면 찾아보거라. 네 여동생이니까.”

‘여동생······!’

자신에게 여동생이 있었다.

믿기지 않았다.

“그런데 어떻게 찾죠?”

촌장이 키득거렸다.

“그 아이는 나름 어느 정도 경지에 이른 고수다.”

“그것만 가지고는 못 찾을 것 같은데, 혹시 이름은 아시나요?”

“경묘운(景昴雲).”

“경묘운. 좋은 이름이군요.”

위지극은 고개를 끄덕이다 갑자기 토끼눈을 뜨고 촌장을 쳐다봤다.

“그럼 저도?”

“이제 알았느냐? 원래 너는 경 씨다. 그러나······.”

위지극의 인상이 찌푸려졌다.

“그럼 저는 경극이 되는군요. 그냥 위지극 할래요.”

경극이라니, 이름치고는 너무 이상하지 않은가?

“나도 마찬가지 생각이다.”

“그런데 촌장님은 도대체 언제부터 관여하신 거예요?”

촌장의 말을 듣다 보니 자연스럽게 드는 의문이었다.

“무오가 태어났을 때부터다. 그날로부터 오늘이 오길 기다려 왔지. 어떠냐? 놀랍지 않느냐, 나의 참을성이?”

“…….”

위지극은 멍하니 촌장을 쳐다봤다.

“제가 이렇게 될 것을 아버지가 태어날 때부터 알고 계셨다는 말씀인가요?”

“물론이다. 나는 눈이 매우 높아서 아무나 후인으로 선택하지 않는다. 그래서 기다렸다.”

“후우.”

촌장의 말이 사실이라면 그는 이미 사람이 아니었다.

신(神)!

신만이 그런 일을 할 수 있을 터였다.

“이제 내가 하고 싶은 말은 모두 했다. 그러니 이제 가봐야겠구나. 위선, 말하지 않아도 알지?”

“극이를 잘 보살피겠습니다.”

“이놈아! 보살피는 게 아니고 보필하는 거야.”

“아, 알겠습니다.”

위선이 급히 허리를 굽혔다.

태평촌장의 노한 얼굴이 점점 펴지더니 완벽한 미소로 변했다.

“그래, 그래야지.”

그 말이 끝남과 동시였다.

그의 전신이 흐릿하게 변하기 시작했다.

처음에는 그 변화가 미미했으나, 열을 헤아리는 시간이 흐르자 완전히 자연과 동화되며 물처럼 투명해졌다.

그리고 하나씩 갈라져 나갔다.

우우웅.

기묘한 음향과 함께 잘게 부서진 물방울이 소용돌이처럼 휘몰아쳤고, 이를 중심으로 돌풍이 일어났다.

위지극은 자신도 모르게 한 발 물러섰다.

눈은 더할 나위 없이 커졌고, 손에는 땀이 배기 시작했다.

단 한 순간도 눈을 뗄 수 없었다.

그것은 기경이었다.

콰아아!

일 장 넓이로 휘몰아치던 물방울이 어느 한순간 치솟더니 눈 깜짝할 사이에 구름을 뚫고 사라져 버렸다.

쉬이이이.

촌장이 서 있던 빈자리를 저녁 바람이 휘젓고 지나갔다.

"이, 이게……. 방금 무슨 일이 벌어진 건가요?"

위지극이 위선을 돌아봤다.

대답할 수 있는 사람은 그밖에 없었다.

위선이 하늘을 올려다본 채로 입을 열었다.

"뭐라 말해야 좋을지 모르겠구나. 도가에서 말하는 우화등

선이라면 이해가 되겠느냐? 촌장께서는 이를 유등천(流登天)
이라 하셨지만."

"우화등선……."

위지극이 중얼거렸다.

책에서만 보던 우화등선이 실존했다니…….

과연 촌장은 사람이 아니었다.

"촌장께선 이미 오래전에 유등천을 이루실 수 있었지만,
너를 기다리며 참으셨다. 이를 잊지 말거라."

위선의 이어지는 말에 위지극은 자신이 분에 넘치는 사랑
을 받고 있었다는 생각이 들었다.

'편히 쉬십시오. 저도 기회가 되면 따르겠습니다.'

위지극은 깊숙이 허리를 숙였다.

＊　　　＊　　　＊

무당산에서 멀지 않은 재령산(齋怜山).

재령산에는 세 개의 절이 있는데, 그중 가장 아래쪽에 위치
한 삼화사에 녹색 장포의 노인이 모습을 드러냈다.

키는 그리 크지 않았으나 날카롭게 찢어진 눈매 때문인지
위압감이 느껴지는 노인이었다.

그는 주위를 두리번거리다가 석탑을 올려다보고 있는 준
수한 얼굴의 중년인을 발견하고는 입꼬리를 말아 올렸다.

“거참, 애 먹이는군.”

중년인이 그를 슬쩍 보고는 다시 시선을 탑으로 돌렸다.

“뭣 때문에 오셨소?”

“내가 찾아올 이유야 뻔하지 않은가?”

“지난번과 달라진 건 없소. 돌아가시오.”

“자넨 그럴지 몰라도 난 아니라네.”

궁금했는지 중년인이 그를 쳐다봤다.

“무슨 뜻이오?”

“오늘이 아니면 기회가 없기 때문이지.”

“죽으러 가는 사람처럼 말하는구려.”

“바로 보았네.”

중년인의 표정이 엄숙히 가라앉았다.

“지금 나와 농담하자는 거요?”

하지만 녹포노인은 오히려 입꼬리를 더욱 높이 치켜 올리며 대답했다.

“농담이 아닐세.”

중년인은 그를 뚫어져라 쳐다보다 천천히 고개를 저었다.

“마황(魔皇)을 죽일 수 있는 자가 강호에 존재할 것이라고는 생각지 않소.”

“그대는 나를 너무 높게 평가하는군. 천하는 자네가 생각하는 것보다 훨씬 넓다네.”

“그 말도 믿지 못하겠소.”

"그래? 그렇다면 나도 할 수 없지."

녹포노인이 손바닥을 뒤집자, 손 위로 붉은 구슬이 만들어졌다.

"지금 뭘 하려는 거요!"

이를 본 중년인이 급히 소리쳤다.

"나는 비록 강호에서 마황이라 불리고 있지만, 사람을 많이 죽이진 않았다네."

"알고 있소. 그러니 그만두시오."

"그러나 이번만은 물러서지 못하겠네. 자네가 선택하게. 응할 것인지 아니면 여기 있는 사람들이 모두 죽는 모습을 볼 것인지."

이곳에는 많은 향화객이 있었다.

만약 마황이 날뛰기 시작하면 중년인으로서도 피해를 완벽히 막을 순 없었다.

중년인은 녹포노인을 쏘아보다가 한참만에야 천천히 고개를 끄덕였다.

"좋소."

삼화사에서 조금 떨어진 널찍한 평지에 다다르자 앞서 걷던 중년인이 신형을 돌려세웠다.

"오늘은 정말 당신답지 않소, 마황."

"말했지 않았나? 마지막 기회라고 말일세."

“내가 여기 있는 건 어떻게 안 거요?”

“그거야 쉽지. 무당산 근처의 절을 모조리 뒤지면 있을 게 뻔했으니까.”

“나에 대해 잘 알고 있구려.”

“하하하! 검황, 내가 자네를 모른다면 천하의 누가 안단 말인가?”

놀랍게도 준수한 중년인의 정체는 삼황오제 중에서도 가장 고수라 추앙받는 검황이었다.

“자네가 무당파라는 사실도 이미 알고 있네. 그리고 비록 무당파를 떠났지만 그대가 무당파를 소중히 생각하는 마음도 알고 있고.”

마황이 무당산 근처를 찾은 것은 그래서였다.

게다가 검황은 무당파 출신이면서도 유독 절의 분위기를 좋아하여 대부분의 시간을 절간에서 보냈던 것이다.

이런 사실을 잘 알고 있는 마황이 그를 찾는 것은 어렵지 않은 일이었다.

“당신은 입이 무거운 것을 다행으로 여겨야 할거요.”

“물론이네. 나는 쉽게 입을 열지 않지. 그래도 가끔은 연다네.”

검황은 미간을 한순간 찌푸리고는 검을 뽑았다.

이를 본 마황은 장심에서 두 개의 붉은 구슬을 뽑아냈다.

붉은 구슬은 미미하게 진동하며 그의 장심 위를 회전하고 있었다.

마적혈구(魔赤血毬)!

“미리 말해두네만 나는 오늘 사력을 다할 거라네. 그리고 오래 끌지도 않을 셈이네.”

후우웅!

중년인의 검이 청광으로 빛이 났다.

그것으로 서로의 준비는 끝났다.

마황은 단번에 공력을 십성으로 끌어올렸다.

그그그그.

공기가 그를 중심으로 진동하기 시작했다.

땅이 흔들리고 나뭇가지가 우수수 떨어졌다.

눈은 적광으로 물들고 뒤이어 얼굴과 전신이 시뻘겋게 변했다.

그 모습을 본 중년인은 마황의 말이 결코 허언이 아니라는 사실을 깨달았다.

마황과 겨룬 것은 세 번.

첫 번째는 패했으나 나머지 두 번은 이겼다.

그러나 마황이 지금처럼 처음부터 전력을 드러낸 적은 단 한 번도 없었다.

그는 직감적으로 이번의 승부가 단 일 초에 갈리리라는 것을 알았다.

중년인의 검이 비스듬히 앞으로 숙여지고 검결을 이룬 좌수가 땅을 향했다.

바로 그때,

슈아앙!

마적혈구가 번개처럼 쏘아졌다.

슈슈슈슈슝!

뒤이어 수십 개의 마적혈구가 정신없이 중년인을 향해 날아들기 시작했다.

콰콰콰콰쾅!

무수한 검광이 허공을 가득 메우고, 귀를 먹먹하게 하는 폭발음이 연이어 터져 나왔다.

마황이 입꼬리를 말아 올리며 두 팔을 크게 휘저었다.

후웅!

그와 함께 허공에 만들어진 한 자 크기의 백색 구.

백색 구가 만들어진 순간, 중년인의 신형은 어느새 마황의 코앞까지 다가와 있었다.

"크하하핫! 자, 이게 나의 전부라네!"

백색 구가 꿈틀거리며 중년인의 머리를 향했다.

"타앗!"

검이 하늘을 가리킨다 싶은 순간 수직으로 떨어져 내렸다.

촤아악!

그리고 천지를 갈라 버릴 듯한 검이 백색 구와 부딪치자 그대로 녹아들었다.

"하하핫! 어떤가, 나의 염화백구가?"

마황의 대소 소리와 함께 중년인이 신형이 뒤로 물러났다.

검을 그대로 염화백구에 꽂아둔 채로.

"검을 버리다니 검황의 이름이 아깝……."

마황은 갑자기 말을 뚝 그쳤다.

염화백구에 금이 가고 있었던 것이다.

"설마……?"

쩌저저적, 쿠아앙!

"크윽!"

미처 피할 새도 없었다.

광풍과 함께 구가 터져 나가고 일 장에 이르는 구덩이가 만들어졌다.

중년인은 구덩이에서 얼마 떨어지지 않은 곳에 하늘을 보며 쓰러져 있는 마황에게로 다가갔다.

구가 폭발하는 충격을 맨몸으로 받은 그는 참혹한 몰골이었다.

전신이 시커멓게 타들어가고 구멍이 숭숭 뚫려 있었다.

"어이없군."

마황이 가까스로 입을 열었다.

염화백구는 극양지공의 정수라고 할 수 있었다.

그런 염화백구가 단 일 검에 파괴될 줄은 꿈에도 예상하지 못했던 것이다.

"쉽지 않았소."

염화백구가 극양지공의 정수라면, 중년인이 펼친 일검은 극음지공의 정수였다.

"크크크. 어찌 됐든 내가 지지 않았는가?"

"……."

"가는 길에 마지막 선물을 주겠네."

중년인은 무심한 눈으로 그를 내려다봤다.

"자네, 무공의 끝이 보고 싶지 않은가?"

"무슨 말이오?"

"태진령에 가보시게. 그곳에 가면 새로운 깨달음을 얻게 될 것이야."

"거기 가면 무슨 일이 벌어진다는 거요?"

"직접 확인하는 게 더……."

말을 끝맺지 못한 채 결국 마황은 숨을 거두었다.

중년인은 마음 한구석이 답답해 왔다.

마황을 꺾었으므로 천하제일인이 되었다.

그런데도 찝찝함이 남아 있는 이 기분은 대체 뭔가?

천하제일인에 딱히 욕심이 있던 건 아니었다.

다만…….

마황이 말한 무공의 끝.

그게 무엇인지는 알고 싶었다.

‘그대의 말을 믿어보겠소.’
중년인은 신형을 돌려세웠다.
그리고 그가 향하는 방향엔 태진령이 있었다.

第五十六章

강호재출(江湖再出)

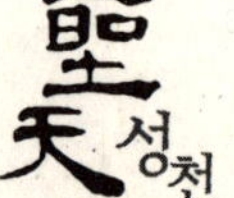

한동안 잠잠하던 적존교가 다시 활동을 개시했다.

이전과는 비교할 수 없을 만큼 대대적인 공격이 동시다발
적으로 일어났다.

그리고 훨씬 참혹했다.

적존교는 대문파나 중소 문파, 그리고 사파나 정파를 가리
지 않고 공격을 퍼부었다.

작은 문파들은 반나절 만에 십여 곳이 무너졌고 비교적 규
모가 있는 문파라 할지라도 하룻밤을 버티지 못했다.

뒤늦게 쏟아져 나온 적존교도들에게 자비란 없었다.

그들이 지나간 곳에는 사기(死氣)가 가득했고, 폐허만이 남

았다.

구대문파의 하나인 종남파도 적존교를 피할 순 없었다.

육백에 달하는 종남파 무인들은 문파의 존망을 걸고 저항했으나 결국 적존교의 가공할 힘을 넘지 못했다.

멸문(滅門)!

결코 무너지지 않을 것 같은 종남파가 무너지자 강호의 혼돈이 극에 달했다.

적존교는 결코 멈추지 않았다.

섬서를 지나 감숙으로 진군했다.

마치 북무림회를 궁지에 몰아넣고 숨통을 끊으려는 듯이…….

"무리입니다, 사형."

"나도 알아. 그러나 사부님의 명이지 않느냐? 우린 그분의 뜻에 따라야만 한다."

청령은 비교적 담담히 대답했다.

그 역시 흑령의 말처럼 예상치 못한 교주의 행동에 의문이 없는 건 아니었다.

지금의 행로는 아무리 강한 자신들이라 할지라도 쉽지 않은 것이었다.

종남파를 친 지 얼마 지나지 않았건만 지금은 금창사가가 있는 난주로 향하고 있었다.

종남파를 멸문시킨 대가는 결코 작지 않았다.

데려온 천 명의 무인 중 삼분지 일이 그 싸움에서 목숨을 잃었다.

물론 금창사가는 지금의 병력으로도 감당할 수 있다. 그러나 문제는 그다음이다. 뒤이어 맞닥뜨리게 될 북무림회는 어찌 상대하겠는가?

하지만 교주의 명은 지엄했다.

거역한다는 것은 생각조차 할 수 없었다.

"쓸데없는 생각은 하지 말거라."

청령이 흑령을 보며 말했다.

그러나 이는 자기 자신에게 하는 다짐과도 같았다.

*   *   *

태진령은 고만산과 진하산을 잇는 삼백오십 장에 이르는 고개다.

태진령 중턱엔 십여 장의 평탄한 공지가 하나 있는데, 그곳에 다섯 사람이 둘러앉아 있었다.

그들은 차림새가 제각각인데다, 공통점이라고는 눈을 씻고 보아도 찾을 수 없었다.

훤칠한 키에 칠현금을 옆구리에 끼고 있는 풍채 좋은 노인이 있는가 하면, 불에 그슬린 낡은 옷을 입고 있는 작달막한 노인도 있었다.

그 둘은 오랜만에 만난 친구라도 되는 듯, 연신 웃음을 터뜨리며 이야기를 나누는 중이었다.

그 옆으로는 백금으로 수놓은 황의 장삼을 입고 있는 중년인과 얄팍한 인상의 흑포노인이 있었는데, 그들은 비교적 조용했다.

그들은 한 사람을 바라보고 있었다.

그들의 시선을 받는 자는 모인 사람들 중 가장 젊어 보이는 이십대 후반의 백의유생이었다.

"이제 올 사람은 다 온 것인가?"

그의 음성은 나직했으나 맑았다.

그러면서도 사람의 기분은 시원하게 해주는 묘한 매력이 있었다.

하지만 그가 무슨 생각을 하는지는 천하의 누구도 알 수 없으리라.

이에 황의중년인이 대답했다.

"아직 여섯째가 오지 않았습니다."

"나머지 두 사람은?"

백의유생이 다시 묻자 황의중년인은 조용히 고개를 흔들었다.

"막내는 사적인 일을 해결한다고 했습니다."

"사적인 일이라 했는가?"

백의유생이 읊조리듯이 물었다.

그의 심기가 편치 않은 듯하자 황의중년인이 급히 말을 이었다.

"검황과의 승부를 마무리 지으려는 듯합니다. 아무래도 막내에게는 그 일이 더 중할 수도 있으니 말입니다. 림주, 그는 우리와 다르지 않습니까?"

사죽림의 구성원 중 유일하게 성천 출신이 아닌 이가 바로 일곱째 마황이었다.

"하긴."

"그리고 다섯째는 우백을 대신해 적존교를 이끌고 있습니다. 그는 아마도……."

"그곳에서 죽고 싶은가 보군."

"거기까진 확신하지 못하나……."

"죽어. 반드시."

"……."

"왜? 내 말을 믿지 못하겠나?"

백의유생이 눈을 가늘게 뜨자 황의중년인은 급히 허리를 숙였다.

"림주의 말씀을 어찌 감히……."

"말은 그리해도 여전히 못 믿는 눈치인데……. 아니면 내가 잘못 본 건가?"

황의중년인은 잠시 동안 묵묵히 있다가 조심스럽게 대답

했다.

"다섯째는 한시도 무공 수련을 게을리 한 적이 없습니다. 사사라는 신분으로 적존교에 잠입해 있으면서도 이는 변함이 없었지요. 그러니 성천주가 직접 나선다면 몰라도 그 외에는……."

"창묘(創渺)."

백의유생이 나직이 그의 말을 끊었다.

"그대는 무혼심결에 대해 얼마나 아는가?"

"성천주가 후인을 위해 만든 무공이라 들었습니다."

"알면서도 그런 소릴 하다니 그대는 담이 매우 크군. 아니면 오랫동안 보지 못해 성천주에 대한 두려움마저 잊어버렸거나."

"성천주의 무서움을 어찌 잊을 수 있겠습니까? 다만 위지극이란 그 아이가 무혼심결을 익혔다 하나 이제 겨우 일 년입니다. 그 짧은 시간의 수련으로는 다섯째를 이기기 힘들 것입니다."

그의 말이 막 끝나는 순간이었다.

허공으로부터 커다란 대소 소리와 함께 커다란 덩치의 장한이 떨어져 내렸다.

"하하하! 늦었습니다."

땅에 내려선 장한의 등에는 두 개의 대부가 메어져 있었다.

그는 가장 먼저 백의유생에게 허리를 숙이고는 다른 이들을 둘러봤다.

"그동안 강녕하셨습니까?"

몇몇이 고개를 끄덕이자, 그는 제일 말석에 털썩 주저앉았다.

"드디어 성천주가 강호에 나왔나 보군요."

장한이 백의유생에게 묻자, 그가 희미한 미소를 지으며 자리에서 일어섰다.

"이로써 모두 모인 셈이군. 서신에서 밝혔듯이 마지막 때가 되었네."

모든 이의 시선이 그에게 집중됐다.

"성천주 혼자입니까, 아니면 다른 사람들도 함께 나온 것입니까?"

얄팍한 인상의 흑포노인이 물었다.

"성천주는 나오지 않았네."

"나오지 않았다니 그게 무슨 말씀이십니까? 때가 되었다 하지 않으셨습니까?"

흑포노인이 눈을 크게 치켜떴다.

때는 곧 성천주와의 일전을 뜻하는 말이었기 때문이다.

"그는 이미 죽었네."

"헛!"

"엇!"

백의유생의 예상치 못한 말에 황의중년인을 제외한 나머

지 사람들이 헛바람을 들이켰다.

그들의 얼굴은 경악으로 물들어 있었다.

"림주, 그게 사실입니까?"

"그렇네. 아니, 죽었다는 표현은 적당하지 않을지도 모르겠군. 어찌 됐든 그는 더 이상 이 세상 사람이 아닐세."

"성천주가……."

"그분이……."

몇몇은 침통한 표정을 지었고, 또 다른 몇몇은 백의유생의 얼굴을 쳐다봤다.

"내가 걱정되는가? 그럴 필요 없어."

백의유생이 잘라 말했다.

그러자 대부를 메고 있는 장한, 무덕성이 이상하다는 듯이 고개를 갸우뚱거리며 물었다.

"하면 왜 전서를 보내셨습니까? 우리가 상대할 자가 없지 않습니까?"

"성천주는 없지만, 그의 후인이 있지. 위지극이라고."

"위지극이요?"

무덕성이 어이없다는 표정을 지었다.

"그놈은 한참이나 어린놈 아닙니까? 들은 소문으로는 별 볼일 없어 보이던데."

"마침 그 아이에 대해 이야기하던 참이었다네."

백의유생이 황의중년인, 창묘에게 시선을 돌렸다.

"자네가 아까 했던 말은 일반적으로 볼 때는 맞아. 일 년의 연공으로는 그 아무리 천재라 해도 고수의 경지에 오르기 힘들지. 그러나 성천주는 이미 오래전에 신의 영역에 다다른 사람일세. 그러니 그가 만든 무공도 그럴 거라는 생각은 안 드는가?"

"……."

창묘가 잠자코 있자, 백의유생이 말을 이었다.

"자네는 그 아이가 다섯째를 이기기 힘들 거라 했지? 그의 오극심결은 물론 훌륭한 무공이야. 그러나 무혼심결이 칠성에만 이르러도 그는 목숨을 부지하지 못할 걸세."

"칠성……."

"참고로 내가 그 아이를 보았을 때 그는 이미 오성에 다다라 있었네. 아마 다섯째는 자신의 죽음을 직감하고 있을 거야. 왜냐하면 위지극이 처음 강호에 출도했을 때부터 지켜봐 왔으니 말이네."

"그건 또 무슨 말씀이십니까?"

"나는 다섯째에게 들었다네, 위지극이 처음 출도할 당시만 해도 무공을 익히지 않았었다는 사실을. 그래서 산적들의 뒷바라지를 했다고 하더군."

백의유생의 입가에 희미한 미소가 떠올랐다.

창묘는 그제야 백의유생의 말이 이해가 되었다.

오극신마와 림주의 말은 곧 위지극이 강호에 나와 얼마 되지 않았음에도 무혼심결이 오성에 이르렀다는 뜻이었다.

'그게 정말 가능한 일인가……'

분명한 현실이건만 쉽게 믿기지 않는 일이었다.

"게다가 자네가 모르는 한 가지가 더 있다네."

백의유생이 묘한 여운이 깃든 눈빛으로 흑포노인을 바라봤다.

"지도정(祉塗征), 그대는 기문둔갑과 술법에 능하니 천라양태성(天羅陽太星)을 익히 알고 있지 않나?"

"물론이지요. 하지만 천라양태성은 불가능한 일입니다."

흑포노인이 고개를 젓자 창묘가 급히 물었다.

"넷째, 대체 그게 뭔가? 자세히 말해보게."

"천라양태성은 천하의 모든 기운을 지닌 천고의 기재를 뜻합니다. 머리는 비상하고 신체는 완벽하여 무공을 익히면 천하제일의 무인이, 학문을 익히면 천하제일의 대학자가 된다고 하지요. 그러나 이는 앞서 말씀드렸듯이 불가능합니다."

"이유라도 있는 건가?"

지도정은 백의유생을 한차례 바라보고는 대답했다.

"천라양태성은 천음절맥인 여인과 천양절맥인 사내 사이에서 태어납니다. 그리고 그렇게 태어난다 할지라도 모든 아이가 천라양태성이 되진 못하지요. 형님께서도 천음절맥과 천양절맥이 무엇인지 아실 테니 왜 불가능하다 말하는지 이해하시겠지요?"

창묘가 천천히 고개를 끄덕였다.

지도정의 말대로라면 천라양태성은 절대 태어날 수 없었다.

천음절맥과 천양절맥은 매우 드물어 그런 병을 가진 두 사람이 만나는 것조차 힘들었다.

뿐만 아니라 두 병을 앓는 사람은 아이를 가질 수 없었다.

만에 하나 가진다 하더라도 아이를 낳기 전에 산부는 반드시 죽었다.

아이를 낳지 못하는 아버지와 어머니에서 태어난 아이. 그게 바로 천라양태성이니 결코 일어날 수 없다는 지도정의 말은 허언이 아니었다.

그러나…….

"천라양태성은 가능하다네."

백의유생이 나직이 말했다.

지도정이 가늘게 찢어진 두 눈을 부릅떴다.

"림주?"

"자네가 왜 그리 쳐다보는지 아네. 그러나 내 말은 엄연히 사실일세."

"그럴 리가 없습니다. 그 둘은 불치의 병입니다. 천하의 그 누구도…….."

"아니. 둘 모두 완치가 가능해. 그 병을 고칠 수 있는 사람이 분명히 존재하니까."

“그게 대체 누굽니까? 그리고 어떻게 완치시킨다는 겁니까?”

“천음절맥은 화타가 고칠 수 있네.”

“원화 늙은이 말씀입니까?”

“맞네. 그가 바로 천음절맥을 고칠 수 있는 유일한 사람이지.”

지도정은 곰곰이 생각했다.

그라면 가능할 듯도 했다. 천 년이 넘게 의술에 매달린 늙은이 아니던가?

“그, 그럼 천양절맥은 누가 고칠 수 있습니까?”

그가 궁금한지 다급히 묻자 백의유생이 빙긋 웃었다.

“성천주.”

“……!”

“성천주의 이흠진결만이 천양절맥을 고쳐 낼 수 있지.”

“그렇다는 것은 설마…….”

“바로 그 설마가 그 아이일세. 천라양태성이자 성천의 새로운 천주 위지극 말일세.”

그 말에 모두는 놀람을 금치 못했다.

그들은 자신도 모르게 몸을 떨었다.

“성천주는 위지극을 얻기 위해 백 년이 넘는 시간을 공들였어. 그렇게 태어난 아이가 바로 위지극일세. 그리고 무혼심결은 단시간 내에 자신의 모든 것을 물려주기 위해 성천주가 만든 천고의 무공, 그러니 그런 무공을 익힌 천라양태성의 손에서 다섯째가 살아남을 수 있겠는가?"

그 말을 듣고서야 그들은 성천주가 이미 세상을 등졌음에도 백의유생이 자신들을 모이라 한 이유를 깨달았다.

이건 예전의 천주와 다를 바가 없지 않은가?

"하하하! 괜한 고민할 필요 있겠습니까, 형님들? 저는 좋습니다. 아주 좋습니다. 그 정도는 되어야 이 망부 무덕성의 마지막 가는 길이라 할 수 있지요."

무덕성의 세상이 떠나갈 듯한 대소에 정신을 차린 창묘가 고개를 끄덕였다.

어차피 자신들은 성천주를 상대하려 했다.

지금의 성천주가 위지극이라면 그를 상대하면 그만인 것이다.

"여섯째, 자네 말이 맞네. 그리고 마지막 길일지 아닐지는 모르는 것이네."

"하하핫, 그도 그렇지요. 만약 그 녀석이 약하다면 그가 죽을 것이고, 우리가 약하다면 우리가 죽을 뿐. 목숨은 하늘이 정하는 것이니 뭐 걱정할 필요 있겠습니까?"

그렇다.

인명은 재천이라 했다.

그리고 범부에 비할 수 없을 만큼 오랜 세월을 살아온 인생.

이를 후회한다면 욕심이리라.

네 형제는 동생의 말에 공감한다는 듯이 크게 고개를 끄덕였다.

백의유생은 웃고 있는 그들을 찬찬히 훑어보다 하늘을 올려다봤다.

'인명은 재천이라……. 그 말이 통용되지 않는 사람도 있지. 그나저나 천주, 거기는 어떻소? 내게 들려주었던 것처럼 평안한 게요?'

하늘을 향한 그의 눈에서 맑고 투명한 빛이 반짝이다 사라졌다.

*　　　*　　　*

무명서고를 가득 메우던 백색 광망이 사라지자 위지극의 얼굴에 환한 미소가 떠올랐다.

'드디어!'

드디어 이뤄냈다.

무혼심결 육단공 무애도극(無涯導極).

천지자연과 하나 되고, 삼라만상을 품에 안아 무위이화(無爲而化)에 올라선 경지.

무혼심결 대성을 눈앞에 두게 되었다.

그와 함께 머릿속이 환히 뜨였다.

과거에 일어났던 모든 일이 기억났다.

세상을 보기 전 어머니 뱃속에서의 기억도, 그곳에서 무슨 생각을 했는지도 모두 떠올랐다.

자신의 머리를 쓰다듬는 어머니, 그리고 그 옆에서 흡족한 표정을 짓고 있는 촌장님.

마치 지금 일어나고 있는 일처럼 생생했다.

그리고 지금까지 모르고 있던 사실도 알 수 있었다.

촌장이 아니었다면 자신은 결코 태어나지 못했다는 것을.

무애도극에 이르는 마지막 순간, 내현지성은 모든 것을 말해주었다.

아버지가 태어났을 때 그 옆에서 지켜본 사람은 촌장이었다.

아버지가 일곱 살이 되던 해에 천양절맥을 치료해 준 것도 촌장이었다.

그리고 의문에만 쌓여 있던 백의유생의 정체.

이 역시도 알게 되었다.

"사부님."

위지극은 사부라는 말이 진심으로 우러나왔다.

그의 아픔이 전해져 오고, 그의 고뇌가 전해져 왔다.

다른 사람은 몰라도 백의유생만은 죽이라는 사부의 말이 가슴을 저렸다.

'사부님의 뜻을 따르겠습니다.'

위지극은 마음을 추스르고 자리에서 일어나 해실(亥室) 앞에 섰다.

무애도극의 백색광이 어른거리자 해실의 문이 열렸다.

두근거리는 가슴을 품고 방에 들어선 위지극은 볼 수 있었다.

작은 탁자, 그리고 그 위에 놓여 있는 한 자루의 검.

바로 구천의 검이었다.

검엔 검집조차 없었다. 그리고 예상했던 바와는 달리 투박했다.

오랫동안 다듬지 않아서인지 검날도 예리해 보이지 않았고, 어찌 보면 녹이 슨 듯도 했다.

그러나 사부가 천하의 명검이라 했으니 분명 명검이리라.

검파를 쥐었다.

'아!'

검에 새겨진 기억이 머릿속을 파고들었다.

무애도극에 이르러서인지, 아니면 검 자체의 효험 때문인지는 알 수 없었다.

'너도 순탄치 않은 길을 걸어왔구나.'

당연했다. 월왕과 무혼의 손에 들렸던 검이니 평범하다는 게 오히려 이상했다.

위지극은 살며시 미소 지으며 검을 허리에 차려다가 멈칫하고는 검파를 자세히 살폈다.

그곳에는 작은 글씨가 새겨져 있었다.

산월(散月).

혼이 없는 산월은 구천(勾踐)을 흐르다 극에 다다른다.

'무혼, 구천, 극?'

검에 새겨진 글을 읽은 순간 위지극은 묘한 기분에 사로잡혔다.

일반적으로 구천을 떠돌다 할 때의 구천과 검에 쓰인 구천은 글자가 달랐다.

그리고 마지막 말은 이 검이 자신의 손에 들리게 된다는 뜻 아니던가?

하나 이내 위지극은 고개를 저었다. 그리고 검을 허리에 묶은 후 툭하니 치며 중얼거렸다.

"네 이름이 산월이구나."

누군가의 예언이면 어떻고 아니면 또 어떠한가?

좋은 검 하나를 얻었으니 그것으로 족했다.

"극아!"

위지극이 막 해실을 나서려 할 때 자신을 부르는 여인의 목소리가 들렸다.

목소리에 담긴 다급함이 전해져 왔다.

'희명?'

팟!

위지극의 신형이 사라졌다 싶은 순간 어느새 이십여 장 떨어진 무명서고의 문을 열고 있었다.

"극아!"

문이 열리자마자 우희명이 와락 안겨들며 흐느꼈다.

*   *   *

"화산파는 이틀 후에 도착할 예정입니다."

"시간이 없네."

방사담의 보고를 들은 혁우상은 표정이 좋지 못했다.

종남파가 무너졌다는 소식에 북무림회는 급히 원군을 요청했다.

적존교의 다음 목표가 금창사가가 되리라는 예측은 충분히 가능했고, 그에 따라 행한 조치였다.

종남파를 상대하며 적존교도 많은 수를 잃었다. 그러니 그들을 치기에 지금처럼 좋은 기회는 없었다.

그런데 가장 가까운 곳에 위치한 화산파마저도 이틀이 걸린다고 하니 답답하기만 했다.

화산파가 북무림회에 상주해 있는 무인들과 합류에 출발할 때쯤엔 적존교가 이미 금창사가를 치고 있을 확률이 높았다.

이에 혁우상은 결단을 내렸다.

"방 군사, 화산파에 전하게, 우리 먼저 출발한다고. 그리고 이번 출진엔 내가 직접 나서겠네."

"그리하겠습니다."

방사담의 생각도 그와 같았다.

금창사가와 상대해 힘이 빠진 적존교를 치는 것이 보다 수월할 수도 있으나, 이는 협의를 무시한 처사였다.

늦은 대응으로 종남파가 무너졌다.

더 이상의 희생은 어떻게든 막아야만 했다.

"혹시……."

혁우상이 말끝을 흐렸으나 방사담은 그가 궁금해하는 게 무엇인지 알았다.

"죄송합니다. 백방으로 수색하고 있으나 아직 공자의 소식은 전해지지 않았습니다."

"자네가 미안할 게 뭐 있겠나."

혁우상은 조용히 한숨을 내쉬었다.

무당파를 떠나 북무림회에 오던 길에 혁조영과 이십일조원들이 사라졌다.

객잔에서 어떤 남자를 따라갔다는 것까지는 확인했지만, 그 뒤로는 행방이 묘연했다.

'제발 무사하기만 해다오.'

혁우상은 마음속으로 간절히 빌었다.

지금 그가 할 수 있는 일이라곤 그것밖에 없었다.

*　　*　　*

"안 된다."

위선이 나직하나 위엄이 깃든 음성으로 말했다.

위지극은 우희명으로부터 적존교에서 벌어진 일에 대해 듣고는 곧장 위선을 찾았다.

한시가 급한 상황이었다.

하지만 강호에 나가려 한다는 위지극의 말에 위선은 단호했다.

"나가야만 합니다. 적존교주가 뒤바뀌었을 수도 있습니다. 게다가 염 아저씨가 변을 당했을 수도 있지 않습니까?"

위선은 조용히 위지극의 얼굴을 쳐다보다 나직이 물었다.

"무혼심결은 대성했느냐?"

"대성엔 이르지 못했습니다. 그러나 전혀 성취가 없는 것도 아닙니다."

"촌장님께서 무혼심결을 대성하기 전엔 허튼 생각 하지 말라 하시지 않았느냐?"

"정확히는 그 백의유생을 상대하지 말라하셨지요. 적존교에 대해서는 언급이 없으셨습니다."

"넓게 포함하자면 그 뜻도 된다. 어쨌든 지금 네가 나가게 되면 그자를 만날 공산이 커.”

“그래도 상관없습니다.”

“극아!”

“희명이의 눈물을 본 이상 이대로 기다리고 있을 수만은 없습니다!”

“…….”

위지극이 고함치듯이 소리치자 위선은 잠시지간 할 말을 잃었다.

그는 위지극의 심정을 이해했다.

사랑하는 이의 눈물은 그 무엇보다도 강한 힘을 지닌다.

그러나…….

“그래도 안 된다.”

위지극은 위선을 무서운 눈빛으로 쏘아보더니 천천히 자리에서 일어났다.

“극아.”

“아저씨, 죄송합니다. 저는 가야만 하겠습니다.”

“내가 막는다면?”

위지극은 뒤돌다 말고 멈춰 섰다. 그리고 조용히 말했다.

“힘으로라도 뚫어야지요.”

위지극의 손이 가볍게 들리는 것과 동시에 위선의 신형이 사라졌다.

화아아악!

그리고 위지극의 등 뒤에 나타난 위선!

놀라운 신법이었다.

한데 그의 표정이 뭔가 못 볼 것이라도 본 듯 딱딱하게 굳어졌다.

"이게……."

위지극의 손가락 하나가 위선의 아랫배를 찍고 있었다.

"죄송합니다."

위지극은 손가락을 떼고 포권을 취하더니 밖으로 나갔다.

홀로 남은 위선은 멍한 시선으로 위지극의 등을 쳐다보다 가볍게 한숨을 내쉬었다.

'과연 촌장님의 무공인가…….'

실상 위지극이 위선에게 한 것이라고는 손가락을 쳐든 게 다였다.

하지만 그 행동 하나로 위선은 자신의 힘으로 위지극을 막는다는 게 불가능함을 깨달았다.

그래서 보내줄 수밖에 없었다.

'잘 보살피는 게 아니라 잘 보필하라 하셨습니까? 극이가 원하는 것을 하게 내버려 두는 것도 보필이 아닐까 싶습니다.'

밖으로 나온 위지극은 우희명을 찾았다.

"금방 다녀올게."

“나도 같이 갈래!”

우희명이 위지극의 팔에 매달렸다.

위지극은 빙긋 웃으며 그녀의 어깨를 감싸 안았다.

“내가 아직 미약해서, 이염 아저씨처럼 너를 안고서는 신법을 펼칠 수가 없어. 그러니 어머니와 함께 며칠만 기다려 줘. 알았지?”

“그래도…….”

“모두 무사하실 거야.”

위지극은 그녀의 이마에 살짝 입을 맞추고는 물러섰다.

그의 발 아래로 바람이 원형을 그리며 휘돌았다. 그러던 어느 한순간,

콰앙!

굉음과 함께 위지극의 신형이 까마득하게 하늘로 치솟았다.

그리고 순식간에 점이 되어 사라졌다.

*　　　*　　　*

고만산에 한 남자가 나타났다.

그의 허리에는 한 자루의 검이 매달려 있고, 발걸음에는 현기가 느껴졌다.

검황 적도평.

그는 마황의 말을 믿고 태진령으로 향하는 중이었다.

마황은 결코 허언을 하는 사람이 아니었다.

마황이라는 별호도 그가 사악해서라기보다는 그의 무공에 당한 사람이 염화의 불꽃에 탄 것처럼 비참하게 죽었기 때문이다.

고만산을 어느 정도 오르자 그는 방향을 서쪽으로 잡아 태진령에 들어섰다.

그리고 얼마 지나지 않아 걸음을 멈추었다.

산길을 따라 좌우로 앉아 있는 노인 셋과 장년인 하나.

두 사람은 태평한 모습으로 바둑을 두고 있었고, 또 다른 한 사람은 검을 무릎에 올려놓은 채 사색에 잠겨 있었다.

그리고 나머지 한 사람.

눈처럼 하얀 백포를 입은 노인이 적도평에게 시선을 주었다.

그는 적도평을 힐끗 바라보더니 의외란 표정과 함께 손을 까닥였다.

작은 미풍이 일었다.

적도평의 신형이 두 발자국 옆으로 움직인 것도 그와 동시였다.

파식!

그가 서 있던 자리의 땅이 파이고 검은 연기와 함께 매캐한 냄새가 피어올랐다.

"오호!"

백포노인 입에서 자그마한 탄성이 흘러나왔다.

그 소리를 들은 바둑을 두던 두 사람이 고개를 돌려 적도평을 슬쩍 바라봤으나 이내 관심을 잃었는지 다시 바둑에 열중했다.

"어떻게 알고 피했는진 모르겠으나 단번에 죽이기에는 아까운 놈이로구나."

백포노인의 말에 적도평은 아무런 표정의 변화도 보이지 않았다.

"그가 말한 게 그대들이 아니라 믿고 싶군."

적도평이 무심하게 말했다. 이에 백포노인의 눈에 이채가 서렸다.

"우리가 누군지 알고 온 겐가?"

"모르오."

"아니면 누군가를 만나러 온 것인가?"

"그것도 모르오."

"말장난을 잘하는 놈이로구나."

적도평이 자신을 놀리고 있다고 생각한 백포노인은 음성이 싸늘하게 변했다.

"아, 젠장! 죽이려면 빨리 죽이고 보내주려면 빨리 보내. 시끄러워서 집중을 못하겠잖아!"

바둑을 두고 있던 황포노인이 버럭 소리쳤다.

그는 주먹을 쥐었다 폈다 하며 잔뜩 인상을 찌푸리고 있었다.

바둑이 마음먹은 대로 안 풀린 것도 그렇지만 그전부터 짜증이 날 대로 나 있는 상태였다.

'빌어먹을! 내가 이게 무슨 꼴이야.'

황포노인. 그는 다름 아닌 적존교의 사대봉공 중 하나였던 극뢰권마였다.

다른 세 사람도 모두 사대봉공이었다.

적존교주로부터 쫓겨난 그들은 육문산을 벗어난 지 얼마 되지 않아 사죽림주의 부름을 받았다.

드디어 제대로 된 일을 맡게 되나 기뻤던 마음도 잠시, 그들에게 떨어진 임무란 그야말로 하찮은 것이었다.

태진령 입구에서 아무도 들이지 말라는 것.

단지 그뿐이었다.

언제까지라는 기한도 없었다.

이유도 알려주지 않았다.

주구장창 엉덩이를 깔고 앉아 문지기 역할을 하라는 것이었으니, 답답하고 환장할 노릇이었다.

그러나 별다른 방법이 있겠는가? 명이라니 따르는 수밖에.

황포노인은 그를 슬쩍 곁눈질하고는 다시 적도평을 쳐다봤다.

"친우가 싫어해서 빨리 끝내야겠다. 그러니 나를 원망하진 말거라.”

“한 가지 묻겠소.”

적도평은 산 위쪽을 턱으로 가리켰다.

“저 위에는 누가 있소?”

“네놈은 알 필요 없다.”

말이 끝남과 동시의 백안독마의 소매가 펄럭였다.

화아악!

그러자 푸른빛의 안개가 적도평을 향해 폭사되어 왔다.

햇빛을 받으며 반짝이는 안개는 빠른 속도로 넓어지는가
싶더니 눈 깜빡할 사이에 적도평의 신형을 휘감았다.

바로 그 순간이었다.

안개 사이에서 눈부신 백광이 번쩍인 것은!

“어엇!”

그리고 백안독마가 눈을 부릅뜨는 사이 놀라운 일이 일어
났다.

투투투툭!

푸른 안개가 땅으로 하얗게 굳어 마치 우박처럼 땅에 떨어
져 내리는 게 아닌가.

백안독마는 자신의 눈을 의심했다.

‘독화천무가 저렇게…….’

안개가 걷히고 나자 한 치의 흐트러짐 없이 서 있는 적도평
의 모습이 드러났다.

할 일을 마친 그의 검은 이미 검집에 돌아가 있었다.

"다시 한 번 살수를 쓴다면 용서하지 않겠소."

적도평이 예의 무심한 목소리로 말하자, 백안독마의 눈꼬리가 곧장 하늘로 솟구쳤다

"감히!"

노호성과 함께 눈이 새하얗게 변한 백안독마가 막 출수하려 할 때였다.

"독마, 잠시만 기다리시게."

그때까지 눈을 감고 있던 노인이 조용히 입을 열었다.

그러자 백안독마가 흠칫 멈춰 섰다.

"검마?"

"하나만 물으면 되니 잠시면 될 걸세."

백안독마는 차마 혈참검마의 말을 무시할 수 없었다.

그건 혈참검마가 자신들 중 가장 무공이 뛰어나기도 했지만, 그보다 다른 이유가 있었다.

혈참검마는 거의 말을 하지 않았다.

사혼도마도 마찬가지지만 혈참검마는 그보다 더해 몇 달 동안 한마디도 하지 않을 때가 부지기수였다.

그리고 방금 전의 말은 그가 이곳 태진령에 온 뒤로 처음 입을 연 것이었다.

백안독마가 한 걸음 물러서자 혈참검마가 자리에서 일어섰다.

"그대가 처음 했던 말이 거슬리는군. 그대가 말한 그라는 사람이 누군지 알 수 있겠소? 보아하니 그 사람의 말을 듣고 예까지 찾아온 듯싶은데."

적도평은 그를 조용히 응시하다 짧게 대답했다.

"마황."

"어?"

"마황?"

극뢰권마와 백안독마가 동시에 소리쳤다.

어느새 도를 집어 든 사혼도마도 적도평을 뚫어져라 쳐다보고 있었다.

마황이라면 사죽림의 일원이 아닌가?

사죽림의 일원이 되면 상상할 수 없을 정도로 고절한 무공을 얻게 됐다.

하나 이는 결코 쉬운 일이 아니었다.

그만한 실력이 있어야만 가능했고 림주의 인정을 받아야만 했다.

그 때문에 사죽림은 림주를 제외하고는 단 일곱에 불과한 것이었다.

자신들도 그 일원이 되기를 원했건만 아직 그 뜻을 이루지 못하고 있는 형편이 아니던가?

그러나 이들도 모르는 게 있었다.

마황을 제외한 나머지 여섯 명은 모두 성천 출신이라는 사실을 말이다.

결국, 강호에서 사죽림에 든 사람은 마황이 유일했으나 거기까지는 이들도 알지 못했다.

"마황⋯⋯. 그였군. 하면 정작 와야 될 그는 어디 가고 자네 혼자 온 건가?"

적도평은 고개를 저었다.

"그는 오지 못하오."

"못 오다니?"

백안독마가 대신 물었다.

적도평의 얼굴에 언뜻 쓸쓸함이 스쳐 갔다.

"그는 죽었소."

적도평의 목소리는 담담했으나, 이를 들은 세 사람은 안색이 대변했다.

오직 어느 정도 예상하고 있었던 혈참검마만이 비교적 차분한 신색이었다.

그가 고개를 천천히 끄덕였다.

"그대가 누군지 묻지 않을 수 없군."

그러면서 느릿하게 검을 뽑았다.

검신이 모습을 드러냈다.

그것은 마치 수백, 수천 명의 피를 머금은 것처럼 시뻘겠다.

적도평은 그런 그의 검을 응시하다가 한줄기 미소를 떠올렸다.

"이제야 그대들의 정체를 알 듯하오."

사혼도마와 극뢰권마도 천천히 자리에서 일어났다.

"적존교의 사대봉공. 그렇지 않소?"

"그렇네. 우리가 그 사대봉공일세, 지금은 아니지만. 한데 아직 내 물음에 대답을 안 한 듯하네만."

적도평의 미소가 더욱 짙어졌다.

"적도평. 그게 내 이름이오."

第五十七章
도황과의 만남

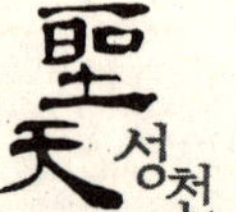

“검황? 적도평?”

극뢰권마가 마황이란 이름이 나왔을 때보다 더욱 놀라 소리쳤다.

“검황이 이렇게 젊었나?”

“미처 몰랐군.”

사혼도마의 눈에 은은한 경탄의 빛이 서렸다.

자신도 절기를 얻어 노력을 게을리 하지 않았다 생각했건만, 자신보다도 훨씬 어려 보이는 자가 검황이라니 쉽게 믿기지 않았다.

“정말 세상은 불공평해! 그 위지극이란 놈도 그렇더니. 하나같이 어린놈들뿐이잖아."

극뢰권마가 투덜댔다.

"그렇게 실망할 필요 없소."

"……?"

"당신들은 모두 이 자리에서 뼈를 묻게 될 테니 말이오."

그의 음성은 나직했으나 뼛속까지 저릴 정도로 스산했다.

적존교의 사대봉공.

이들이 바로 무당파를 습격한 적존교의 최고수들이지 않은가?

적도평은 이들을 살려둘 생각이 없었다.

그는 네 사람을 차례로 쳐다보며 검파를 쥐었다.

정체 모를 음성이 들려온 것은 바로 그때였다.

[그들과 상대하지 말고 올라오게.]

적도평의 눈빛이 한순간 번개처럼 번뜩였다.

그 음성은 너무나 특이했다.

그것은 전음이 아니었다. 그러면서도 가슴을 울리고 머릿속을 파고들었다.

전설로만 전해져오는 혜광심어가 이럴 것인가?

적도평은 그 목소리 하나만으로도 목소리의 주인이 측량할 수 없는 고수라는 사실을 깨달았다.

[그들은 무당파와의 일과는 상관없다네. 그리고 더는 적존교의 사대봉공도 아니니 그대가 손을 쓸 필요가 없네.]

“림주인가?”

극뢰권마가 산을 올려다보며 중얼거렸다.

“그분이시군.”

사혼도마도 한마디 하고는 자리에 주저앉았다.

방금 전까지만 해도 살기를 풀풀 날리던 사혼도마가 진기를 풀어버리자 적도평은 순간 당황했다.

‘림주? 저 목소리의 주인을 림주라 부르는가?’

혈참검마도 예외가 아니었다.

검을 갈무리한 그가 길을 내주었다.

“가보시게.”

적도평은 의외의 상황에 네 사람을 훑어보고는 검파에서 손을 뗐다.

방금 전의 기이한 음성, 그 말이 사실이라면 자신이 굳이 손을 더럽힐 이유가 없었다.

태진령 중턱에 이른 적도평은 여섯 사람을 보고는 걸음을 멈추었다.

그의 시선이 그중 가장 나이가 어려 보이는 백의유생을 향했다.

“그대가 목소리의 주인이오?”

백의유생이 시원한 미소를 지었다.

“그렇네.”

적도평은 그를 찬찬히 훑어봤다.

백옥처럼 하얀 손, 그리고 유생건 아래로 나부끼는 검은 머리카락.

그 무엇도 이 세상 사람의 것이 아닌 듯했다.

'이런 자가 있었다니……!'

적도평은 진정으로 놀랐다.

직접 보니 그 기이한 음성을 듣고 예상했던 것보다 훨씬 더 큰 충격이었다.

"마황이 왜 그런 말을 했는지 이제야 알겠소."

한참만에야 고개를 끄덕이며 적도평이 입을 열었다.

그의 감탄은 비단 백의유생에게만 국한된 것이 아니었다.

백의유생 옆의 칠현금을 안고 있는 자와 대부를 메고 있는 자, 그리고 너무나 마르고 왜소하여 곧 죽을 것만 같아 보이는 키 작은 늙은이마저도 자신의 예상을 뛰어넘는 고수들이었다.

"그가 쓸데없는 말을 했나 보군."

"그대들은 비무를 하기 위해 모인 것이오?"

"자넨 뭔가 오해를 하고 있구면. 우린 비무를 하기 위해 모인 게 아니라네."

적도평이 의아한 눈으로 그를 바라봤다.

"그게 아니라면 당신들 같은 사람이 이렇게 산속에 모일 이유가 뭐가 있소?"

“있지.”

“……”

“우린 한 사람을 상대하기 위해 모인 거라네.”

“한 사람?”

“그렇다네.”

대수롭지 않게 말하는 백의유생의 말에 적도평은 숨이 넘어가는 듯했다.

자신의 힘으로는 이들 중 그 누구도 장담하기 힘들 정도였다.

그런 고수 여섯이 겨우 한 사람을 상대하기 위해 모였다니.

“그게 대체 누구요?”

백의유생의 입가에 예의 시원한 미소가 떠올랐다.

“성천주.”

                    *   *   *

쉬이이잉.

광천비영. 과연 놀라운 신법이었다.

위지극은 자신이 직접 펼치고 있으면서도 그런 생각이 들었다.

까마득하게 지상으로부터 떨어진 허공을 마치 평지를 뛰어가듯 날아가고 있었다.

모든 것이 발아래에 존재했다.

땅도 물도, 그리고 하늘을 나는 새조차도 자신보다 높이 날진 못했다.

귓가로 스치는 차가운 바람이 흥분을 더해주었다.

'이대로라면…….'

적존교가 있는 육문산까지 채 하루가 걸리지 않을 듯싶었다.

'안 돼. 조금이라도 더 빨리 도착해야 돼.'

여유 부리고 있을 때가 아니었다.

두 사람이 어떤 변을 당했을지 몰랐다.

쉬이잉!

위지극의 신형이 더욱 빨라졌다.

경쟁이라도 하듯 그를 쫓아가던 한 마리의 매가 기다란 소리를 내며 멀어져 갔다.

위지극이 태평촌을 출발한 지 세 시진이 흘렀다.

무려 세 시진 동안 광천비영을 펼쳤건만 그에게서 지친 기색이란 찾을 수 없었다.

오히려 처음보다 더욱 쌩쌩하기만 했다.

그러나 한 가지 문제는 있었다.

아무것도 안 하고 그 오랜 시간 신법만 펼쳤으니, 지루해져 버렸다.

'따분하네.'

위지극은 머리를 긁적이다 무심코 아래를 내려다보았다.

그런데 발아래로 낯익은 풍경이 스쳐가고 있는 게 아닌가?

'난주다!'

우희명을 처음 만난 곳.

바로 금창사가가 있는 감숙성 난주였다.

'어?'

감회에 젖어 아래를 훑어보던 위지극은 어느 순간 안색이 돌변했다.

화아아앙!

빠른 속도로 날아가던 그의 신형이 허공에서 한 바퀴 선회하더니 우뚝 멈춰 섰다.

그리고 추락하듯이 아래로 떨어져 내렸다.

*   *   *

강호육대세가의 하나인 금창사가의 가주인 사관홍은 두 주먹을 으스러지게 쥐었다.

적존교가 자신들을 치러 온다는 사실은 이미 며칠 전부터 알고 있었다.

하지만 이렇게 빨리 들이닥칠 줄은 예상치 못했다.

적어도 한나절의 여유는 있으리라 여겼건만 오산이었다.

그렇다 해도 전혀 준비가 돼 있지 않은 것은 아니었다.

이미 금창사가의 모든 가솔들은 그들을 맞이할 대비가 되어 있었다.

문제는 북무림회였다.

그들이 도착하기까지는 한나절이란 시간이 남아 있었던 것이다.

결국 금창사가의 힘만으로 적존교를 막아야 하는 상황.

실력도 그렇거니와 수적으로도 상대가 되지 않았다.

적은 칠백을 헤아리는 데 비해 자신들은 채 오백이 되지 않았다.

그 차이는 참혹한 결과를 가져왔다.

외원이 채 이각을 버티지 못하고 뚫렸고, 내원에 들이닥친 적존교도들은 미친 듯이 날뛰었다.

"이야아!"

"커흑!"

"모조리 죽여라!"

금창사가의 무인들은 약하지 않았다.

그러나 적존교도들은 그들보다 더 강했다.

사방에서는 처절한 고함 소리가 귀청을 울리고 가문을 위해 사력을 다하던 금창사가의 무인들이 피를 흘리고 쓰러져 갔다.

수백 명이 서로 죽고 죽이는 그 광경은 목불인견의 그것과 다름없었다.

한데 그런 중에도 유독 적존교도들을 사정없이 몰아쳐 가는 이들이 있었다.

금창사가의 원로원.

사금학을 필두로 서른 명의 원로는 과연 명불허전이었다.

콰쾅!

“캐액!”

사금학은 연거푸 양손을 휘둘러 강천산수를 펼쳐 댔다.

그리고 그때마다 가슴이 움푹 꺼진 무인들이 피를 토하며 날아갔다.

곳곳에서 장력과 검광을 뿌려대는 그들의 손에 쓰러진 적존교도만 오십이 넘어가고 있었다.

그에 따라 적존교도의 하위무사들의 전열이 빠른 속도로 흐트러지기 시작했다.

“물러서거라!”

일갈과 함께 일단의 무리가 날아들었다.

“네놈들이구나!”

사금학은 그들의 정체를 알아보았다.

붉은 띠를 허리에 두르고 월아도를 쥐고 있는 스무 명의 무리.

바로 무당의 장로와 대등하게 싸웠다던 놈들이었다.

그리고 그들 가운데에서도 유독 눈에 띄는 자, 목 언저리만 푸른 적의의 사내가 무당의 최고수로 알려진 진우자를 죽인 자임을 사금학은 한눈에 알아볼 수 있었다.

청령이 다가가자 사관홍이 날아와 사금학 옆에 섰다.

"함께 상대하지요."

사금학은 거부하지 않았다.

지금은 명예 따위가 중요한 게 아니었다.

사금학은 냉정히 판단했다.

눈앞의 사내는 오늘 일을 벌인 핵심 인물이었다.

그만 죽는다면 나머지 적존교도들의 사기는 급격히 떨어질 것이고, 전세를 뒤집을 가능성도 배제할 수 없었다.

게다가 솔직한 심정으로 사금학은 그를 이겨낼 자신이 없었다.

"두 사람 가지고 되겠소?"

은근히 비꼬는 듯한 말투였다.

대답은 없었다.

그 대신 다른 것이 청령에게 돌아왔다.

느닷없이 사금학이 강맹한 장력을 후려치며 덮쳐 왔던 것이다.

콰앙!

청령은 일수를 휘둘러 장력을 막아냄과 동시에 사금학의 허리를 장검으로 베어갔다.

흐르는 물처럼 이어지는 깨끗한 일검이다.

따당!

그러나 갑자기 나타난 사관홍의 검에 막혀 뜻을 이루지 못하고 한 발 물러섰다.

"제법이로군."

"이놈!"

사금학의 노호성과 함께 십성의 강천산수가 전면을 휘감고, 사관홍의 회천향검이 사지를 잘라낼 듯 폭사되었다.

퍼펑!

차차창!

청령은 좌수로는 장법을 전개하고, 우수로는 장검을 휘둘러 두 사람을 상대했다.

그와 동시에 노도와 같은 경력이 사방으로 뻗어나가 지축을 흔들기 시작했다.

어느새 일어난 돌개바람이 세 사람을 휘감은 채 사위를 가렸고, 일어난 먼지는 미칠 듯이 검과 장을 따라 요동쳤다. 그리고…….

촤악!

십여 초가 지난 어느 순간, 사금학의 가슴에서 한줄기 핏물이 튀었다.

"허엇!"

"숙부님!"

연거푸 십이장을 갈겨대 짓쳐들어오는 장검을 겨우 막아
내며 물러선 사금학은 등골이 서늘했다.

지금은 비록 살가죽이 긁힌 상처에 불과했으나 불과 몇 치
만 더 깊었어도 갈비뼈가 모조리 날아갈 위험한 상황이었다.

'이놈이……!'

가주와의 합공이면 설사 도황이라 할지라도 상대할 수 있
다고 믿었거늘 자만이었다.

도황에게 패해 쫓겨난 자에게조차 형편없이 밀리고 있지
않은가.

"차앗!"

자존심이 크게 상한 사금학은 더욱 맹렬하게 돌진하며 쌍
장을 휘둘렀다.

휘휘휭!

살기등등한 그의 공격에 잠시 물러나는 듯싶던 청령이 재
차 앞으로 쏘아져 왔고, 연이어 십팔검을 쏟아냈다.

콰콰쾅!

귀청을 울리는 굉음!

"크윽."

뒤이어 탁한 신음 소리와 함께 허리를 깊게 베인 사관홍이
비틀거리며 뒷걸음질 쳤다.

그의 검은 중간에서 부러져 나갔고, 굵은 땀방울이 쉴 새
없이 흘러내리고 있었다.

“가주!”

쾅!

사관홍이 급히 쌍장을 내뻗었으나 청령의 좌수에 가로막혔고, 그사이 청령의 장검은 사관홍의 정수리를 향해 떨어져 내리고 있었다.

사관홍의 목숨이 사라질 그 찰나의 순간,

“멈춰!”

허공으로부터 대성벽력과도 같은 고함 소리가 터져 나온 건 바로 그때였다.

‘흐으음……’

우수에 깃든 진기가 흐트러졌다.

가슴이 진탕되고 흐트러진 진기가 역류하려 꿈틀댔다.

파앗!

그는 할 수 없이 검을 거두고 뒤로 물러섰다.

어차피 진기가 흐트러진 일검으로는 사관홍의 검을 깨부술 수 없었다.

콰앙!

“으아악!”

“크억!”

“뭐, 뭐냐”

청령의 뒤에서 한참 격전을 벌이고 있던 적존교도와 금창사가 무인들 사이로 뭔가가 떨어져 내려 땅이 꺼지고 먼지가 자욱하게 치솟았다.

모두가 잠시지간 싸움을 멈추고 눈을 휘둥그렇게 뜨는 사이 구덩이에서 한 청년이 걸어나왔다.

그를 본 순간 사금학의 눈이 찢어질 듯 커졌다.

"자, 자네는?"

위지극은 사금학과 사관홍을 발견하고는 정중히 포권을 취했다.

"그동안 안녕하셨습니까."

사금학은 얼떨결에 고개를 끄덕였다.

사실 전혀 안녕하지 못한데도 말이다.

뒤이어 위지극의 시선이 청령을 향했다.

"그대가 청령이겠군."

청령의 안색이 차갑게 가라앉았다.

갑자기 하늘에서 떨어진 자신을 알고 있는 청년.

그리고 방금 전에 보여주었던 놀라운 경공.

청령은 그가 누군지 전혀 짐작할 수 없었다.

"사형, 방금 전 무슨 일……!"

뒤쪽에서 격전을 치르고 있던 흑령이 다가오다 청년을 보고는 표정이 딱딱하게 굳었다.

"너, 너… 정말 살아 있었구나."

"누군지 아느냐?"

"저놈이 바로 성천자입니다, 사형."

청령의 미간이 한순간 꿈틀거렸다.

"네가 성천자 위지극인가?"

"그렇소."

"희명이는 어찌 됐느냐?"

"그녀는 무사하오."

위지극의 대답은 매우 짧았다.

그는 청령과 오랜 이야기를 하고 싶은 생각이 없었다.

그보다는 육문산에 가는 일이 더 급했다.

때문에 이곳의 일을 최대한 빨리 마무리 지어야만 했다.

두 사람이 대화하는 사이 주위의 싸움이 서서히 멈추더니, 장로를 상대하고 있던 스무 명의 청의인이 청령의 뒤로 둘러섰다.

위지극은 피범벅이 되어 있는 주변을 둘러보고는 안색을 굳히며 말했다.

"그대로 돌아가라 한다면 내 말에 따르겠소?"

"헛소리하지 마라!"

옆에 있던 흑령이 소리쳤다.

그는 당시 위지극에게 당했던 수모를 잊지 않고 있는지라 목소리에는 진한 살기가 배어 있었다.

"당신의 생각도 흑령과 같소? 부디 현명한 결정을 하기 바라겠소."

청령은 위지극을 뚫어져라 쳐다보다가 검을 가볍게 흔들

었다.

"내 생각도 사제와 같다네."

파파팟!

그의 말이 끝나는 순간, 뒤에 서 있던 청의인들이 동시에 위지극을 향해 덮쳐들었다.

청령은 위지극을 시험해 볼 셈이었다.

그는 비겁하진 않지만 그렇다고 어리석지도 않았다.

위지극에게서 풍겨 나오는 기운은 결코 무시할 만한 수준이 아니었다.

그러니 그가 펼치는 검을 보지 않고서는 섣불리 공격하기가 쉽지 않았던 것이다.

하지만…….

그의 생각은 오판이었다.

위지극은 검을 들지 않았다.

"후회하게 될 거요."

위지극이 짤막히 말하며 양손을 비스듬히 들어 올렸다.

그리고 어느 순간 좌수는 하늘로 우수는 땅을 향해 획하니 비틀었다.

그러자 놀라운 일이 벌어졌다.

우르릉! 파파팍!

폭탄이라도 터진 것처럼 땅거죽이 뒤집히더니 좌측의 무리를 덮쳐 갔다.

허공에 떠 있던 무리들은 급히 검을 휘저었으나 흙더미에
깃든 가공한 기운을 막기엔 역부족이었다.

"크아악!"

"커컥!"

짧은 소리만을 남긴 채 그들의 육신이 산산이 부서져 나갔
다.

그것만이 아니었다.

"끄아악!"

우측의 무리들은 대기를 찍어 누르는 만 근 압력에 땅바닥
에 처박혔고, 우드득 하는 소리와 함께 몸이 찢겨 나갔다.

"허흡!"

그 광경을 본 흑령은 자신도 모르게 숨을 들이켰다.

청령 또한 찢어질 듯 눈이 커졌다.

'이, 이게……'

과연 이를 무공이라 할 수 있는 것인가?

청령은 전신을 부르르 떨었다.

겁이 나서가 아니었다. 그 가공할 만한 위력에 전율이 일었
기 때문이다.

구대문파의 장로의 수준인 청의인들. 그런 청의인들 스무
명이 단 일 초에 전멸했다.

이는 자신은 물론이거니와 사부인 교주조차 불가능한 일
이었다.

'성천자……. 이, 이것이 말로만 듣던 성천의 힘이란 말인가…….'

그는 거대한 벽을 마주한 기분이었다.

사위를 가득 메운 정적 속에서 위지극의 시선이 청령을 향했다.

"아직도 그 생각은 변함없소?"

청령은 애써 가슴을 진정시켰다.

그리고 고개를 저었다.

"우린 돌아가지 않는다."

위지극의 눈빛이 차갑게 가라앉았다.

"내가 당신들 모두를 죽이지 못할 듯싶소? 만약 그리 생각했다면 큰 착각이오."

위지극의 손이 천천히 검파를 향했다.

설득은 이 정도로 충분했다.

더 이상의 말싸움은 서로에게 시간 낭비일 뿐이리라.

"네게 그럴 실력이 있다는 것은 이미 보았다. 그러나……."

순간 청령의 얼굴에 결연한 빛이 서렸다.

"교주님의 명은 지엄한 것. 설령 이곳에서 나와 교도 모두가 목숨을 잃는다 할지라도 명을 거역할 순 없다."

그 말에 검파를 잡아가던 위지극의 손이 멈추었다.

"교주의 명?"

"그렇다."

잠시지간 청령을 주시하던 위지극이 나직하게 말했다.

"만약 당신이 교주라 믿고 있는 자가 가짜라면 어떻겠소?"

청령은 대답하지 않았다.

대신 위지극을 뚫어져라 쏘아보았다.

"아무것도 모르는 모양이군."

위지극은 어이없다는 표정을 지었다.

"명색이 제자라는 자가 자신의 사부도 알아보지 못하다니 참으로 한심하군. 사사가 교주를 해한 지 벌써 여러 날이 흘렀건만."

"그게 무슨 소리냐!"

"희명이에게 직접 들었소. 그녀가 내게 거짓말을 할 리 없잖소. 잘 생각해 보시오. 최근에 사사라는 자를 본 적이 있는지."

청령의 얼굴이 무섭게 일그러졌다.

물론 사사를 보긴 했다.

그러나…….

교주와 사사가 한자리에 있는 모습을 보진 못했다.

항상 교주 옆을 지키던 사사였는데도 말이다.

"사형!"

흑령도 뭔가 잘못됐다는 것을 깨닫고는 소리쳤다.

"나도 알아!"

청령은 주먹을 으스러져라 꽉 쥐었다.

'그렇게 된 것이었나? 그래서 이런 무리한 명을 내린 것이었나!'

"모두 교로 돌아간다!"

청령은 크게 소리치고는 뒤도 돌아보지 않고 신형을 날렸다.

흑령도 위지극을 슬쩍 한번 쳐다보고는 그 뒤를 따랐고, 그렇게 적존교도들은 물러갔다.

그들이 모두 사라지고 나자 위지극이 사관홍에게 고개를 숙이며 말했다.

"저들을 이렇게 보내주어 죄송합니다."

적존교는 금창사가로서 원수나 다름없었다.

이번 싸움에서만 목숨을 잃은 사람이 이백이 넘었으니, 그 한이란 이루 말할 수 없을 것이었다.

그런 자들은 무사히 보내준 위지극은 못내 미안한 마음이 들었다.

그러나 그들 모두를 죽이는 것은 큰 의미가 없었다.

사사만 처리하고 나면 교주 자리에 우희명이 오를 것이니 적존교는 지금과는 다른 모습으로 변할 것이었다.

사관홍이 희미하게 웃으며 고개를 저었다.

그것은 자조 섞인 미소였다.

"아니네. 자네가 죄송할 게 뭐 있겠나? 우리가 힘이 약해 이리 된 것을……."

"한데 혹시 연화가 어찌 되었는지 아는가?"

사금학이 불쑥 물었다.

"연화에게 무슨 일이라도 있습니까?"

"연화뿐만 아니라 이십일조 아이들 모두가 행방불명되었
다네."

"네?"

위지극이 깜짝 놀라 묻자, 사관홍이 실망스런 어조로 덧붙
였다.

"자네도 모르고 있었구먼. 후우! 무당산에서 북무림회로
돌아오는 길에 사라졌는데, 그 이후로 아무도 본 사람이 없다
네."

위지극은 잠시 생각하더니 급히 허리를 숙였다.

"죄송합니다만, 이만 가봐야겠습니다. 다음에 꼭 찾아뵙겠
습니다."

"어디로 가려는 건가?"

"물어봐야지요, 지금의 적존교주에게."

위지극의 눈에서는 강한 살기가 흘러나오고 있었다.

＊　　　＊　　　＊

육문산에 오르는 동쪽 어귀, 옅은 남의를 차려입은 한 중
년인이 땅바닥에 복잡한 도해를 그려가며 진땀을 흘리고 있

었다.

기관진식의 대가이자, 제갈가에서도 가장 뛰어나다 평가 받는 제갈사취. 바로 그였다.

“저로서도 무리입니다, 도황 어르신.”

한참 만에야 고개를 든 제갈사취의 말에 뒤에 서 있던 도황 서문평이 눈을 부라렸다.

“왜?”

“칠성금쇄진은 모두 풀었고 삼합마령진 역시 칠 할은 해석했으나, 나머지 하나가 문제입니다.”

“뭔 소린지 모르겠으니 본론만 말해보게.”

“그 둘을 모두 푼다 해도 나머지 하나를 풀지 못하는 이상 육문산에 오르는 건 불가능합니다.”

“허! 이거야 원.”

서문평은 크게 낙담한 듯 한숨을 내쉬었다.

‘유아야……’

그는 눈을 지그시 감고 다시금 끓어오르려는 분노와 격정을 애써 다스렸다.

서문평이 육문산을 찾은 이유는 한 가지 때문이었다.

소유아의 실종.

소식을 접한 그는 만사를 제쳐 두고 육문산으로 달려왔다.

적존교의 소행이리라 믿어 의심치 않았던 그는 단신으로라도 육문산에 오를 셈이었다.

그러나 그는 실행에 옮기지 못했다.

육문산 전체를 감싸고 있는 세 개의 절진이 그를 가로막았기 때문이다.

이까짓 진법 따위라 여기고 산을 오르려다가 두 시진을 헤매고서야 천신만고 끝에 빠져나온 그는 혀를 내둘렀다.

그나마도 고절한 무공이 없었다면 살아 나오는 것조차 불가능했으리라.

이후 그는 제갈사취를 끌 듯이 이곳으로 데려와 진을 풀어내라 협박 아닌 협박을 했다.

아무리 제갈사취가 명망있고 존경받는 명숙이라 하지만 도황에 비할 바가 아니었다.

울며 겨자 먹기 식으로 그의 말에 따를 수밖에 없었다.

그렇게 아침부터 지금까지 거의 네 시진을 고생했다.

그 결과가 바로 방금 도황에게 말한 내용이었다.

"쥐새끼 같은 것들이 감히 나의 사랑스런 제자를……!"

서문평은 눈에 불을 켜고 제갈사취를 노려봤다.

"오늘이야. 오늘 내로 어떡하든 진을 파훼하도록 해. 그렇지 못했을 시에는……."

제갈사취는 사색이 되었다.

그의 뒷말은 듣지 않아도 알았다.

제갈가를 찾아가 뒤집어놓을 게 뻔했다.

북무림회조차 그 한 명으로 인해 난장판이 된 적이 있었으니 제갈세가라 해서 무사할 리 없다.

"그건……"

"그건이든 저건이든 하라면 해. 내 말 알아듣겠나?"

제갈사취는 금방이라도 대도를 휘두를 것만 같은 서문평의 기세에 심장이 오그라들었다.

아니라고 했다가는 목이 댕강 잘려 나갈 것만 같았다.

'휴우… 내가 이 나이에 왜 이 꼴을 당해야 한단 말인가.'

그가 이러지도 저러지도 못하고 있을 때였다.

갑자기 서문평이 하늘을 올려다보며 눈을 크게 떴다.

"어?"

서문평의 말이 끝나는 것과 동시였다.

콰앙!

두 사람으로부터 삼 장여 떨어진 곳에 굉음과 함께 무언가가 떨어져 내렸다.

그리고 자욱한 먼지가 걷히고 모습을 드러낸 준수한 외모의 청년.

바로 금창사가를 떠나온 위지극이었다.

그는 터벅터벅 구덩이에서 걸어나오며 인상을 찌푸렸다.

'광천비영은 다 좋은데 꼭 막판이 이 모양이란 말이야. 시간 내서 손을 보든지 해야겠다.'

위지극이 옷을 털어내는 모습을 멀뚱거리며 보고 있던 서문평이 불쑥 물었다.

"너는 누구냐?"

그는 진정 경악을 금치 못하고 있었다.

그가 인기척을 느끼고 하늘을 올려다본 것은 위지극이 지상으로부터 삼십여 장이나 떨어져 있을 때였다.

그러니 아무것도 없는 하늘에서 한 청년이 뚝 떨어졌다는 표현이 맞았다.

천하에 어떤 경공이 있어 하늘을 날 수 있단 말인가?

한편, 위지극은 그제야 서문평을 바라보고는 흠칫했다.

노인의 몸을 흐르고 있는 진기, 결코 낯설지 않았다.

소유아의 그것과 동일한 기운.

천하에 소유아와 같은 내공심법을 익힌 사람은 단 한 명밖에 없었다.

위지극은 급히 포권을 취하며 허리를 숙였다.

"알고 보니 도황 어르신이었군요. 미처 몰라뵈어 죄송합니다."

"나를 아느냐?"

"물론입니다. 유아의 사부 되시지 않습니까?"

그 말에 서문평이 더욱 놀라며 위지극의 어깨를 콱 움켜잡았다.

"유아를 아느냐?"

그의 눈가가 잔잔히 떨리고 있었다.

"저의 동료이니 모를 수가 없지요."

위지극의 태연한 대답에 서문평은 한 사람의 이름이 퍼뜩 뇌리를 스쳤다.

"혹시 자네가 혹시 위지 성을 쓰는……?"

"맞습니다. 제가 위지극입니다. 어르신에 대한 말씀은 유 아로부터 평소 많이 듣고 항상 흠모에 마지않았는데, 이렇게 만나 뵙게 되어 영광일 따름입니다."

서문평은 위지극의 얼굴을 빤히 쳐다보다가 자신의 실태를 깨닫고는 손을 놓고 한 걸음 물러섰다.

명색이 도황인데 너무 흥분하지 않았는가?

"그랬구먼, 자네가 성천자였군. 그래서 그런 신법을 펼칠 수 있었던 거로군."

그는 혼잣말하듯이 중얼거렸다.

"미흡한 모습을 보여 드렸습니다."

"성천으로 돌아갔다 들었는데 어떻게 여기에 나타난 겐 가?"

서문평이 묻자 위지극이 날카로운 눈빛으로 육문산을 올려다보며 대답했다.

"이곳에 볼일이 있어서지요."

생각 같아서는 바로 사사가 있는 곳으로 쳐들어가고 싶었다.

그러나 하늘에서는 진법의 영향 때문인지 육문산이 흐릿하게만 보였다.

게다가 광천비영을 펼치면서 진법을 파훼하기에도 만만치 않았다.

해서 일단 땅에 내려선 후에 뚫고 들어가기로 결정하고 사람이 있는 이곳으로 방향을 잡은 것이었다.

"잘되었어! 나도 이곳에 볼일이 있다네. 그런데 자네가 알고 있는지 모르겠으나 이곳에는 진이 설치되어 있어 들어가기가 쉽지 않아. 믿었던 사람도 영 신통치 못하고 말이야."

그러면서 슬쩍 제갈사취를 흘겨보는 서문평이었다.

제갈사취는 변명하려는 듯 입을 몇 번 달싹였으나, 결국 고개를 돌리고 말았다.

위지극은 어색한 미소를 지어 보이고는 육문산을 찬찬히 살폈다.

물론 진식에 대해 공부하기는 했다. 그러나 깊이 있게 하진 않았다.

그 덕분일까?

위지극은 육문산에 펼쳐져 있는 진법의 이름조차 알 수 없었다.

'몰라도 상관없어.'

가장 초보적인 진법은 눈을 어지럽히기만 한다.

착시를 일으키고 사리분별을 막는다. 하나 이는 무공을 익힌 사람에게는 무용지물이다. 눈만 감아도 진법의 영향을 받지 않으니 말이다.

그보다 나은 진법은 정신을 파고든다.

망상을 일으키고 환각을 보여준다. 방향을 잃고 지쳐 죽인다.

그리고 가장 훌륭한 진법. 그것의 앞의 두 가지 효과에 더해 자연의 기운을 빌려 공간을 일그러뜨리는 것이다.

무공이 아무리 높고 수양이 깊어도 이런 진법에 걸려들면 속수무책이다.

서문평이 진법에서 벗어날 수 있었던 것도 그가 깊이 들어가지 않았기에 가능했다.

만약 몇 발자국만 더 들어갔다면 그는 이 자리에 서 있을 수 없었으리라.

갑자기 위지극이 앞을 향해 거침없이 걸어갔다.

"어?"

"위, 위험하네!"

진법의 위험을 잘 알고 있는 제갈사취가 급히 소리쳤다.

그러나 위지극은 멈추지 않고 오히려 걸음을 더 빨리했다.

그러면서 우수를 앞으로 쭈욱 뻗었다.

쩌엉! 부르르르.

갑자기 대기가 요동치며 육문산 전체가 흔들리는 듯했다.

하지만 그뿐, 별다른 현상은 이어지지 않았다.

"뭘 하려는 겐가?"

제갈사취가 의아해하며 다시 물었다.

그러나 위지극은 그의 말을 듣지 못했다.

'역시 단순한 힘으로는 진 전체를 부술 수 없을 것 같네.'

위지극은 방금 천뢰금장을 일으켰었다.

무혼심결 사단공. 파괴력으로는 오히려 오단공인 오혼개천을 넘어서는 진기였다.

하지만 통하지 않았다.

위지극의 입가에 한줄기 미소가 떠올랐다.

어차피 그러리라 예상하고 있었다.

우희명은 이곳에 진을 설치한 게 아버지나 사사, 혹은 적존교의 그 누구도 아니라 했다. 확신하진 못하지만 사죽림에서 그랬을 것이라 했다.

위지극도 동감이었다.

'지도정, 그 사람일 거야.'

성천에 있다 강호로 나간 칠백 년 전의 기관진식의 대가.

기문둔갑과 술법에 탐취하여 일가를 이룬 자.

만불낙도 지도정. 그의 작품이 분명했다.

위지극은 눈을 한차례 감았다 뜨며 오혼개천을 끌어올렸다.

위이잉!

그러자 기음과 함께 위지극을 중심으로 일 장가량의 완벽한 청색 구가 형성됐다.

터벅터벅.

위지극은 천천히 걸었다. 그러자,

스스스슷.

"헙!"

그를 유심히 지켜보고 있던 제갈사취가 헛바람을 들이켰다.

도황도 두 눈을 부릅떴다.

위지극을 중심으로 진이 흩어지고 있었다.

정확하게는 청색 구에 닿은 부분이 일시지간 일그러지며 본래의 풍광이 드러난 것이었다.

무혼심결은 천지자연의 힘을 자유자재로 일으키고 변화시킬 수 있는 심결.

그 앞에서는 아무리 고절한 진법이라 해도 버텨낼 수 없었다.

"따라오시지요."

위지극이 도황을 돌아보며 앞장섰다. 그리고 오혼개천을 삼성가량 더 끌어올리자 청색 구가 두 배로 커져 세 사람이 충분히 함께 걸을 만한 공간이 만들어졌다.

"자네는 돌아가도 좋네."

서문평이 제갈사취에게 말했다.

제갈사취는 차마 거절하지 못하고 그 말에 따랐다.

무공이 이들에 비해 크게 차이나는 그로서는 당연한 선택이었다.

"그럼 가세나!"

도황은 위지극의 뒤를 따랐다.

그렇게 육문산은 적존교가 발호한 뒤 처음으로 초대하지 않은 두 명의 불청객을 맞이하게 되었다.

第五十八章
오극신마(五極神魔)

삐이익!

"침입자다!"

"교주님께 알려!"

진을 완전히 뚫고 이백여 장을 전진했을 때에야 호각 소리
가 길게 울려 퍼졌다.

누군가가 진을 파훼하고 산을 오를 줄은 전혀 예상치 못한
듯 적존교도들은 갈팡질팡했다.

하나 이는 결코 오래가지 않았다.

오랜 훈련을 받은 적존교도인지라 금세 침착성을 찾았고
반격을 시작했다.

"제가 맡겠습니다."

"그리하게."

서문평은 뒷짐을 진 채 고개를 끄덕였다.

두 눈으로 확인하고 싶었다.

말로만 들어왔던 성천의 무공.

경천동지할 신법은 이미 보았다.

그러나 신법을 진정한 무공이라 생각지 않는 서문평은 위지극의 다른 무공이 무척이나 궁금했다.

첫 번째는 화살이었다.

쉬쉬쉭!

길이만 해도 사 척에 이르는 철시 이십여 발이 번개가 무색할 정도로 날아오기 시작했다.

우웅!

위지극이 크게 한 발 내디디며 주먹을 질렀다.

번쩍!

시커먼 흑전(黑電)이 일었다.

그리고 이내 수십 갈래로 갈라지더니 철시를 향해 날아갔다.

쩌저적! 화확!

흑전은 무섭게 날아드는 철시를 재로 만들고, 화살을 쏘아 낸 무인들 역시 재로 만들어 버렸다.

짧은 비명조차 내지 못한 깨끗한 죽음.

뒤이어 달려든 십여 명의 외전무사도 위지극이 내지른 두 번째 주먹에 시커멓게 변해 나동그라졌다.

위지극은 거침없었다.

죽죽 앞으로 나아가며 주먹을 휘두른 게 다였다.

그럼에도 그의 일 권을 버텨내는 자가 없었다.

'주산명보다 더하군.'

위지극의 뒤를 따라가던 서문평은 권제를 생각해 냈다.

지금은 비록 생을 달리했지만, 권제 주산명의 무위도 이 정도는 아니었다.

검은 벼락 하나에 수십 명씩 죽어나가고 있지 않은가?

그러면서도 의문이 드는 게, 과연 저 허리에 찬 검은 언제쯤이나 뽑아 들까 싶었다.

하나 서문평의 생각과 달리 위지극은 내심 답답했다.

'이래선 끝이 없겠다.'

금창사가 쪽으로 많은 인원을 보내 본산은 비어 있으리라 예상했는데 오히려 이쪽이 더 많아 보였다.

어쩌면 천이 넘는 목숨을 앗아야 할지도 모르는 상황.

그건 결코 위지극이 바라는 바가 아니었다.

"어르신, 이들을 상대하는 것보다 곧장 교주를 만나러 가는 게 어떻겠습니까?"

"동감이네."

콰아아!

그 말이 끝나는 것과 동시에 위지극의 신형이 벼락처럼 앞으로 쏘아져 나갔다.

처음으로 광천비영을 지상에서 전개한 것이다.

"저……!"

서문평은 순간 정신을 잃고 멍하니 그 모습을 바라보다 뒤늦게 신형을 날렸다.

퍼퍼퍼펑!

위지극은 일직선으로 내달리고 있었다.

앞에 무엇이 있든 상관하지 않았다.

앞을 막으려는 적존교들을 일장에 튕겨내고, 길을 막고 있는 가옥들은 구멍을 뚫으며 전진했다.

'이거야 원.'

서문평은 혀를 내둘렀다.

명색이 도황인데 할 게 없었다.

오히려 장애물을 박살 내며 나아가고 있는 위지극을 뒤쫓는 것만으로도 공력이 달릴 지경이었다.

그렇게 한 식경이 흐르고 나자 그들 앞으로 으리으리한 대전이 나타났다.

앞을 가로막는 자들은 많지 않았지만, 뒤를 따라오는 적존교도의 수는 어마어마할 정도로 늘어 있었다.

대전 앞에서 이르자 위지극이 신형을 돌려세우며 크게 소리쳤다.

“모두 내 말을 들으시오! 지금의 교주는 예전의 그가 아니오! 사사가 모반을 하고 교주 행세를 하고 있는 것이니 그대들은 속지 말아야 하오!”

그러나 그 말을 곧이곧대로 믿는 이는 없었다.

“개소리!”

“죽여라!”

마치 불을 보고 뛰어드는 나방들처럼 위지극이 멈추자마자 떼로 덤벼들었다.

‘젠장!’

위지극이 인상을 쓰며 막 손을 쓰려는 찰나,

“멈추거라!”

대전 안에서 우백의 음성이 들려왔다.

“이들은 나의 손님이니 무례하지 말거라.”

미칠 듯이 달려들던 적존교도들이 그 한마디에 거짓말처럼 행동을 멈췄다.

위지극은 그들을 한차례 쓸어보고는 서문평과 함께 대전 문을 열고 들어갔다.

사사기 환히 웃으며 그들을 맞이했다.

“이렇게 만나게 되는군요, 성천자. 이런, 도황께서도 오셨군요.”

“네가 적존교주인가?”

서문평이 무섭게 그를 쏘아봤다.

"일단 지금은 그렇습니다."

"내 제자는 어디 있느냐?"

"제자라 하시면……?"

"소유아라 한다. 네놈들이 데려가지 않았느냐?"

사사는 처음 듣는 소리라는 듯 고개를 갸우뚱거렸다.

"제가 모르는 일이군요. 어디 놀러라도 갔나 보지요."

"시치미 떼지 마라!"

서문평이 등에 메고 있던 거대한 도를 뽑아 들었다.

그의 도는 희다 못해 투명하게 빛나고 있었다.

이를 본 사사의 눈에 이채가 서렸다.

"오호! 말로만 듣던 백염도법이로군요. 하나 지금 이 자리
는 그대가 끼어들 만한 자리가 아닌 듯싶습니다만. 그렇지 않
습니까, 성천자?"

위지극이 뭐라 말을 하려던 순간이었다.

"헛소리 말거라!"

서문평의 거대한 덩치가 사사를 향해 빛살처럼 날아갔다.

휘이이잉!

그리고 대기를 찢어발기며 날아드는 대도!

서문평은 일단 그의 팔 하나 정도는 잘라놓고 이야기할 셈
이었다.

그러나 그건 그만의 착각이었다.

쾅!

“크음.”

오극마벽에 부딪친 대도가 굉음을 내며 튕겨났고, 서문평
은 뒤로 이 장가량 날아가서야 겨우 신형을 안정시켰다.

‘어떻게…….’

그의 얼굴엔 불신이 가득했다.

팔성의 공력이 담긴 백금일도(白禁一刀)였다.

금석이라 할지라도 단번에 자를 만한 위력이건만 오색 광
채를 뿌리고 있는 저게 대체 무엇이기에 이처럼 힘을 못 쓴단
말인가?

“어른이 말하고 있는데 예의없이 끼어드는 것은 도황답지
못하군요.”

“누가 어른이라는 거냐!”

서문평의 얼굴이 시뻘겋게 달아올랐다.

그와 함께 그의 대도가 더욱 투명해졌다.

십성의 백염도법을 펼칠 기세였다.

위지극이 한 걸음 앞으로 나선 것은 그때였다.

“나탁(拏劇) 맞소?”

“저에 대해 이미 들으셨군요. 아마도 위선 그 사람이 아닐
까 싶습니다만.”

“그렇소. 그분께 모든 걸 들었소, 당신들이 허락없이 태평
촌을 빠져나간 무리라는 것을.”

"하하하! 그럼 림주에 대해서도 들었겠군요."

위지극은 고개를 저었다.

"그는 말하지 않았소."

위선은 위지극에게 사죽림에 대한 모든 것을 말해주었지만, 단 하나 백의유생에 대해서만은 언급하지 않았다.

다만 그를 만나게 되면 자연히 알게 될 거라는 말만을 남겼을 뿐이다.

"그랬군요. 위선으로서도 함부로 할 수 없는 사람이 림주이니 충분히 이해가 갑니다."

서문평은 이들의 대화에 자신이 알지 못하는 사연이 있으리라 생각했다.

그런데 한 가지가 계속 그의 머릿속을 맴돌며 어지럽게 했다.

바로 위지극의 입에서 나온 나탁이라는 이름.

'분명 들어본 이름인데……'

그러나 쉽게 생각나지 않았다.

그는 인상을 찌푸리며 기억을 더듬다 아직도 사사의 주위에 있는 오색 빛깔의 광채에 눈이 갔다.

그리고 떠오른 생각.

'오색, 다섯 가지의 진기, 오극……!'

한참을 생각하던 그가 갑자기 해연히 놀라며 소리쳤다.

"오극신마 나탁?"

사사가 빙긋 웃으며 서문평을 내려다봤다.

"그 이름을 기억해 내다니 과연 도황이시군요. 맞습니다. 제가 바로 오극신마라 불리는 나탁입니다."

"미, 미친……."

헛소리라고 말하고 싶었다.

그러나 방금 전 자신이 직접 겪은 오색 광채의 힘은 그의 말이 사실이라고 속삭이고 있었다.

"도황 어르신, 믿기 힘드시겠지만 저자가 오극신마 본인입니다."

위지극이 덧붙였다.

"그러나 그는 이미 오래전에……."

"아직 살아 있었지요. 하지만 오늘로써 그의 길었던 인생도 종지부를 찍을 것입니다."

위지극의 눈에서 붉은 빛이 번뜩였다.

"하하하! 너무 광오한 게 아닐까 싶습니다. 이 나탁을 그리 쉽게 보시다니."

나탁은 대소를 터뜨리고는 말을 이었다.

"그나저나 그대만으로 되겠소? 림주께서 우릴 불러 모은 것으로 보아 성천주께서 출도한 듯한데 그분은 함께 오시지 않았습니까?"

위지극의 눈빛이 순간 깊이 가라앉았다.

"그분은 이미 이 세상 사람이 아니오."

“……!”

항상 여유로워 보이던 나탁이었지만, 위지극의 예상치 못한 대답에 그의 얼굴이 목석처럼 굳었다.

“돌아가셨단 뜻입니까?”

위지극은 대답하지 않았다. 하지만 나탁은 들은 것이나 다름없었다.

“그러셨군요. 그분도 결국은…….”

그는 진정 애석한 듯 중얼거렸다.

적지 않은 세월을 태평촌에서 보낸 나탁이었으니 그 역시 감회가 깊을 수밖에 없었다.

“하면, 왜 림주께서 우릴 부르신 것인지…….”

“그건 나 때문일 것이오.”

위지극의 대답에 나탁의 눈이 가늘어졌다.

“그대 때문이라 하셨습니까?”

그는 잠시지간 위지극을 유심히 쳐다보다가 가벼운 미소를 지었다.

“광오하군요. 성천주 없이 그대의 힘만으로 무엇을 할 수 있을지…….”

“당신의 말은 틀렸소.”

“……?”

“누가 이곳에 성천주가 없다 했소?”

위지극은 천천히 검을 뽑아냈다.

"지금 무슨 말을……?"

"내가 바로 성천주요!"

위지극의 좌수가 번쩍 쳐들렸다.

빠지직!

"큭!"

강력한 흑전이 일어나며 오극마벽에 균열이 갔다.

나탁이 인상을 찌푸리며 오극마벽에 깃든 공력을 더하는 사이 위지극의 신형이 검과 함께 폭사되어 갔다.

콰!

그리고 이어지는 일검!

혼원무혼검법 제육초 첩천한격(倢羅捍擊)이 오극마벽을 뚫고 나탁의 미간을 쇄도해 들어갔다.

쩌저정!

버티지 못하고 산산이 부서지는 오극마벽.

"우웃!"

나탁은 양손을 재빨리 휘저으며 옆으로 신형을 물렸다.

하나 완벽히 피하지 못했는지 그의 뺨에서 피가 튀어 올랐다.

"어딜!"

위지극이 고개를 돌리는 것과 동시에 허리를 양단할 듯 검을 휘둘렀다.

그그긍!

금고진천이 펼쳐지며 대전을 무너뜨릴 듯한 충격파가 허공을 갈랐다.

"하얏!"

콰콰쾅!

위지극의 검, 산월과 나탁의 창극혈장이 만나며 귀를 먹먹하게 하는 굉음이 터져 나왔고, 대전 천장이 우스스 부서져 내렸다.

"흐으음."

나탁은 먼지를 가득 뒤집어 쓴 낭패한 몰골로 일 장 앞에 오연히 서 있는 위지극을 노려보았다.

위지극도 공격을 멈추고 그와 시선을 마주했다.

그에겐 아직 들을 말이 남아 있었다.

"교주와 염 아저씨는 지금 어디 있소?"

나탁의 입꼬리가 한순간 꿈틀댔다. 그러나 그것은 이내 미소로 바뀌었다.

"그 짧은 시간에 정말 놀라운 성취를 이루셨군요. 설마 했습니다만, 이렇게 현실이 될 줄은 미처 몰랐습니다."

"당신은 아직 내 말에 대답하지 않았소."

"저런저런. 마음이 급하시군요. 성천주가 되셨으면 그만한 여유 정도는 갖추셔야 하거늘. 원하시니 대답해 드리지요. 다만……."

그의 미소가 섬뜩하게 짙어졌다.

"저를 이기고 난 후에 말입니다."

화아악!

갑자기 나탁의 전신에서 오색 광망이 뿜어져 나왔다.

그것은 마치 그의 몸에서 다섯 개의 날개가 돋아난 듯한 착각을 일으켰다.

나탁이 우장을 뻗자 하늘거리던 다섯 가닥의 광망이 위지극을 덮쳐 갔다.

순간 위지극의 신형이 기이한 각도로 틀어졌다.

다리가 꼬이고 팔이 뒤틀렸고, 머리가 휘어졌다.

휘휘획!

광망은 위지극의 옷자락 하나 베지 못하고 허공을 비껴 나갔다.

극에 이른 낙화상천보.

쾅!

애꿎은 바닥을 후려친 광망이 다시 나탁으로 돌아가려 할 때 위지극의 신형이 그 뒤를 쫓았다.

그리고 펼쳐지는 일검.

세상에 처음 모습을 드러내는 제칠초식 상혼늑강(祥魂勒強)이었다.

산월이 미친 듯이 회전하며 소용돌이를 일으켰다.

그리고 그 끝에는 나탁이 있었다.

빠직!

“크으음.”

오른쪽 어깨가 완전히 부서진 나탁이 피분수를 뿌리며 뒷걸음질 쳤다.

하나 그러면서도 그는 좌수를 뻗어 올렸다.

쐐액!

빛살처럼 쏘아지는 하나의 강기.

그러나 이 역시 낙화상천보의 기묘함을 뛰어넘지는 못했다.

쾅!

강기가 위지극의 옆구리를 스치며 대전에 커다란 구멍을 뚫는 사이 나탁의 좌수가 폭발하듯이 부서졌다.

혼원무흔검법 제십일초 삼금탄산(三金綻山)에 격중된 것이었다.

이를 지켜보는 서문평은 놀람을 금치 못했다.

무공의 끝을 보았다고는 할 수 없었지만, 그 언저리까지는 도달했다 자신하고 있었다.

그런데 방금 전에 본 것은 과연 무엇이었는가?

자신은 다섯 개의 가닥 중 하나를 막기 위해서도 혼신의 힘을 다해야만 할 것 같은데, 이를 순식간에 무위로 만들어 버리는 놀라운 보법, 그리고 이어진 절세의 검법.

천외천이란 말이 이처럼 적격일 때가 있겠는가?

‘저것이 성천의 무공!’

그는 크게 개안한 느낌이었다.

그동안 막혀 있던 뭔가가 뻥하고 뚫린 듯했다.

‘검을 저렇게 사용할 수 있다면, 도라고 못할 바가 무엇이
겠는가?

과연 무공광인 도황답게 새로운 도법을 하나 생각해 내는
서문평이었다.

“이제는 두 사람의 행방에 대해 말할 마음이 들었소?”

양팔을 잃고 서 있는 나탁의 목에 위지극의 검이 드리웠다.

하나, 나탁은 죽음에 이를 만한 부상을 당했으면서도 입가
의 미소를 지우지 않았다.

“과연, 성천주로서 전혀 손색이 없는 실력이군요. 이 나탁,
크게 탄복했습니다.”

위지극의 눈에 언뜻 의아함이 스쳐 갔다.

이자는 어떻게 죽음을 앞에 두고도 이처럼 태연할 수 있는
가?

무엇이 이자를 이처럼 여유롭게 하는가?

“두 사람은 지금쯤 성천에 도착했을 것입니다.”

위지극은 순간 자신의 귀를 의심했다.

“방금 뭐라 했지?”

“말씀드렸지 않습니까, 성천에 돌려보냈다고.”

“당신이 어째서……?”

위지극은 당혹스러웠다.

우희명에게 들은 바와 완전히 달랐다.

"물론 당시엔 죽이고자 하는 마음이 완전히 없던 것은 아니었으나, 마지막 순간에 옛정이 떠올랐지요. 우습게도 이 나탁이 말입니다."

그는 쓸쓸히 웃고 있었다.

실상 나탁에게 우백은 단 하나뿐인 제자와 다름없었다. 그것이 마지막 순간 그를 망설이게 했다.

자신의 죽음을 이미 직감하고 있던 나탁이었으니 우백마저 죽는다면 오극심결은 세상에서 사라지게 되는 것이다.

무인의 자존심이었을까, 아니면 무공에 대한 강한 애착 때문이었을까.

결국 그는 손을 쓰지 못했다.

그 후 나탁은 단순히 제압만을 한 채 염상천과 더불어 성천에 돌려보냈던 것이다.

위지극은 그가 말하는 옛정이 무엇인지 알지 못했다.

아니, 알 필요도 없었다. 단지 두 사람이 살아 있다는 사실, 중요한 건 그것이었다.

'다행이구나, 희명아.'

위지극은 안도의 한숨을 내쉬며 나탁을 쳐다봤다.

그가 두 사람의 목숨을 살려주었다 해서 변하는 건 없었다.

이미 많은 사람이 그의 농간에 놀아났고 목숨을 잃었다.

죽어 없어져야 할 자, 나탁은 그중 하나였다.

"마지막으로 남길 말은 없소?"

"태진령으로 가십시오."

"태진령?"

"그곳에 림주가 계십니다, 당신이 오기만을 기다리며."

위지극은 조그맣게 고개를 끄덕였다.

그렇지 않아도 그를 찾아야 했는데, 오히려 자신을 기다리고 있다 하니 더할 나위 없었다.

다만 한 가지 문제가 되는 것은 아직 무혼심결이 대성에 이르지 못했다는 점인데, 그때까지 마냥 기다릴 수도 없는 노릇이었다.

"알겠소. 남길 말은 그뿐이오?"

"그렇습니다."

나탁은 지그시 눈을 감았다.

긴 세월을 살아오는 동안 나름 후회하지 않을 삶을 살았다 생각하는 그였다.

'칠백 년……. 오히려 너무 길어서 문제였지. 흐흐흐.'

나탁이 과거를 회상하는 동안 위지극의 검이 느릿하게 들렸다.

그리고 커다란 호를 그려냈다.

*　　　*　　　*

“아, 아버님……."

우백의 목소리가 가늘게 떨려 나왔다.

눈앞에 서 있는 키 작은 중년인을 본 순간 그의 심장이 튀어나올 듯이 쿵쾅거렸다.

부친은 사십 년 전, 어릴 적 보았던 그 모습 그대로였으니.

“잘 지냈느냐?”

우백과 달리 우자화의 음성은 차분했다.

하지만 그 속에 깃든 회한과 격정은 이루 말로 표현할 수 없을 정도로 거대한 것이었다.

우자화는 어느새 자신보다 훌쩍 커버린 아들을 조용히 끌어안으며 토닥였다.

결코 어울리지 않는 모습, 그러나 그 누가 있어 이들의 상봉을 비웃겠는가.

“미안하구나. 아비로서 참으로 면목이 없다.”

우백은 아무 말도 하지 못했다.

소식조차 남기지 않고 어찌 그리 가버리셨냐 묻고 싶었지만 차마 입이 떨어지지 않았다.

그에게 딸이 없었더라면 서운한 마음에 소리쳤을 것이다.

하지만 그도 지금은 어엿한 한 아이의 아버지였다.

그러니 지금의 부친의 심정을 이해하지 못할 그가 아니었다.

"아닙니다, 아버님. 이렇게 탈없는 모습을 뵙는 것만으로도 소자는 기쁘기 한이 없습니다."

"네가 그리 생각해 준다니 참으로 고맙구나. 못난 이 아비를 원망해도 할 말이 없건만……."

결국 우자화의 눈에서 참았던 한줄기 눈물이 흘러내렸다.

그러자 뜻밖의 부친의 모습에 당황한 우백이 급히 말을 이었다.

"아, 아버님, 당연한 것 아니겠습니까. 어찌 소자가 그런 불경스런 생각을 할 수 있겠습니까."

"그래그래……."

이를 옆에서 지켜보며 눈물을 훔치고 있던 우희명이 살며시 웃었다.

부친이 당황하여 어찌할 줄을 몰라 하는 모습은 참으로 낯선 것이었다.

"거봐요. 제가 살아 계시다고 말씀드렸잖아요. 안 믿으시더니."

우백은 그녀를 향해 눈을 한차례 부라리고는 다시 우자화를 달래기에 여념이 없었다.

우희명 옆에 있던 염상천의 입가에도 한줄기 희미한 미소가 떠올랐다.

어째서 나탁이 자신들을 살려주었는진 지금도 확신할 수 없었다.

그러나 짐작 가는 바는 있다.

자신의 무공을 남기고자 하는 바람, 그것 때문이 아니었을까?

어찌 됐든 일이 잘 풀렸으니 그로선 다행이라 생각할 수밖에 없었다.

"이제 극이만 돌아오면 되겠구나."

"괜찮겠지요, 아저씨?"

"물론이다. 성천주는 누구에게도 지지 않는다. 그것이 설령 신이라 할지라도."

우희명의 가슴속에 염상천의 성천주라는 말이 깊은 여운을 남겼다.

'맞아. 극이는 성천주. 세상에서 가장 강한 천하제일인이니까.'

*　　　*　　　*

"이제 거의 다 왔다. 저곳만 넘으면 태진령이 보일 것이야."

"그렇군요."

서문평의 말에 위지극이 보일 듯 말 듯 인상을 찌푸렸다.

'가뜩이나 바쁜데……'

적존교를 빠져나온 직후 위지극은 혼자서 길을 떠나려

했다.

그러나 태진령이 어디쯤인지 몰랐다. 해서 서문평에게 물었는데 그게 화근이 되었다.

서문평이 자신이 잘 아니 함께 가자며 위지극을 이끌었기 때문이다.

위지극으로서는 태진령의 위치만 알면 광천비영으로 순식간에 도착할 수 있었다.

그러나 도황이 따라나서면서 모든 게 틀어졌다.

위지극은 조심스럽게 거절했으나 서문평은 막무가내였다.

위지극과 나탁의 싸움을 관전하며 크게 흥이 일었음에 틀림없다.

'어찌 됐든 그다지 늦지 않았으니 다행이긴 하네.'

그나마 태진령이 육문산에서 그리 멀지 않았기에 망정이지 그렇지 않았더라면 위지극은 예의고 뭐고 다 때려치우고 혼자 갔을지도 모를 일이었다.

이를 아는지 모르는지 서문평이 크게 웃었다.

"하하하! 자, 어서 가세. 조금이라도 서둘러야 하지 않겠는가?"

"네, 네."

위지극은 툴툴대며 그 뒤를 따랐다.

한참의 시간이 흘러 두 사람은 고만산에 도착했고, 잠시 후

태진령에 이르렀다.

그리고 태진령에 막 오르려는 그들 앞으로 여섯 사람이 모습을 드러냈다.

죽립을 깊이 눌러쓴 자가 둘, 복면을 쓴 자가 하나, 그리고 똑같은 모양의 짙은 갈의를 입고 있는 노인 셋.

죽립인들만이 협봉검을 소지했으며, 나머지 무인들은 수중에 병기를 가지고 있지 않았다.

'이들도 사죽림인가?'

그들을 훑어보던 위지극은 문득 의문이 들었다.

굳이 부딪쳐 보지 않아도 느낄 수 있었다.

이들은 분명 절정에 이른 고수긴 했으나, 나탁과 비교하자면 한참이나 떨어지는 수준이었다.

서문평이 한 걸음 나섰다.

"너희 놈들도 한패냐?"

"크크, 도황이로군."

짙은 갈의의 노인 중 하나가 키득거리며 대답했다.

"나를 알고 있나?"

"어찌 강호에 위명이 자자한 도황도 몰라보겠나. 그래서야 강호에 발붙일 자격이 없지."

서문평의 눈썹이 한차례 꿈틀댔다.

"이 세 늙은이는 내가 맡겠네."

"조심하십시오."

위지극은 한 발 물러섰다.

그는 서문평의 생각을 읽었다.

서문평도 마음껏 도를 펼쳐 보고 싶었으리라.

자신도 고수의 싸움을 보고 나면 피가 끓지 않았던가.

"조심해야 하는 건 내가 아니라 저 기분 나쁜 놈들이겠지."

그의 말이 끝나는 것과 동시에 네 사람의 신형이 어지러이 얽혔다.

퍼퍼펑! 쩡!

세 노인의 장력이 반경 일 장을 점하고 휘몰아치고, 도광이 그 사이를 헤집으며 번뜩였다.

"덩치만 큰 늙은이인 줄 알았더니 제법이구나!"

"입 닥치거라!"

도황은 정신을 바짝 차리고 백염도법을 전개했다.

세 노인의 장력은 생각했던 것보다 훨씬 매서웠다.

피해내고는 있었지만, 일장 일장이 스칠 때마다 피부가 벗겨질 듯 쓰라렸다.

오십 초가 넘어가고 있었지만 딱히 우위를 점하지 못하자 도황은 노화가 치솟았다.

'이 무슨 망신이냐!'

한참이나 어려 보이는 위지극이 보였던 무위와 비교되지 않는가.

"하아아!"

갑자기 서문평의 대도가 두 배는 커진 듯한 착각이 일었다.

"우웃!"

첫 번째 일격이 한 노인의 어깨를 아쉽게 스쳤다.

그러나 이어지는 제이격은 또 다른 노인의 머리를 노리고 정확히 떨어졌다.

쾅!

"크아악!"

급히 쌍장을 들어 막으려던 노인의 팔과 머리가 산산이 부서졌다.

"아우야!"

"이놈!"

두 노인이 괴성을 지르며 달려들었지만, 서문평의 대도를 막기엔 역부족이었다.

"끝이다, 이놈들!"

콰직, 빽!

두 노인이 허리가 두 동강나 널브러지자 도황은 길게 숨을 내쉬고는 위지극을 바라봤다.

그는 싸움이 끝이 날 것을 마치 예상이라도 했다는 듯 세 사람에게 걸어가고 있었다.

채챙!

죽립인이 동시에 협봉검을 뽑아냈다.

그에 반면, 복면인은 양손을 늘어뜨린 채 무방비의 자세를 유지했다.

실상 죽립인들과 위지극과 사연이 얽혀 있는 관계였으나, 정작 본인들은 모르고 있었기에 비교적 담담한 신색이었다.

파팟!

어떤 예고도, 기합성도 없었다.

갑자기 두 개의 검첨이 위지극의 미간을 노리고 나타났다.

그와 동시에 위지극의 낙화상천보를 밟으며 두 사람 사이로 뛰어들어 갔다.

"어엇!"

죽립인은 위지극이 펼치는 보법이 무척 낯이 익었으나, 지금은 이를 기억하려 할 때가 아니었다.

위지극의 손이 뱀처럼 움직이며 검을 빗겨냈고, 곧바로 자신들의 가슴을 향해 날아들었기 때문이다.

북무림회주의 절기인 대라선장.

죽립인의 얼굴이 사색이 되며 신형을 비틀었다.

그러나 그들의 반응은 한참이나 느린 것이었다.

퍼펑!

"크아아!"

"커흑!"

가죽 북 터지는 듯한 소리와 함께 두 사람이 피분수를 뿜으며 양쪽으로 날아갔다.

파파파팟!

그리고 위지극이 막 신형을 안정시키려는 순간이었다.

갑자기 하늘을 덮으며 무수한 암기가 쏟아져 내렸다.

마치 광포한 폭우의 그것처럼.

"난화만수(亂花萬手)!"

이를 본 서문평이 대경하여 소리쳤다.

"너는 당기화구나!"

위지극은 서문평의 고함 소리를 흘려들으며 곧장 양손을 하늘을 향해 죽 뻗었다가 좌로 흔들었다.

콰콰콰콰!

대기가 거세가 휘말렸다.

그에 따라 강력한 진기가 깃든 암기들이 폭포수라도 만난 듯 옆으로 쓸리며 땅바닥을 강타했다.

터터텅!

위지극은 눈살을 찌푸렸다.

암기가 박힌 흙덩어리가 검게 변하며 녹아내리고 있었던 것이다.

'또 독이었나?'

백안독마에게 한번 호되게 당한 위지극은 당시의 기억이 떠올라 치가 떨렸다.

"어째서 네가 이곳에 있느냐?"

서문평의 묻자 복면인은 잠시지간 말이 없다가 복면을 벗어던졌다.

그는 백발의 노인이었는데 여기저기 곰보가 나 있는 심한 추남이었다.

하지만 평소 그를 보고 얼굴을 찌푸리는 담력 큰 강호인은 없었다.

사천당가의 동생이자, 사천에서의 최고수가 바로 그였기 때문이다.

서문평은 당가주와 깊은 친분이 있는지라 여러 차례 당기화를 본 적이 있었다.

"나 역시 서 형이 이곳에 나타날 줄은 몰랐소."

그는 짤막하게 말하고는 위지극에게 시선을 돌렸다.

"죽여라. 내가 깨끗이 졌다."

"할 말은 그것뿐이오?"

"패자가 무슨 말이 필요하겠느냐? 어서 죽여라."

체념한 듯 당기화가 눈을 감아버리자 당황한 서문평이 급히 위지극의 팔을 잡았다.

"자, 잠깐만. 이보게."

위지극은 손을 들어 올리다 말고 서문평을 향해 고개를 돌렸다.

"왜 그러십니까?"

"저놈을 한 번만 봐줄 수 없겠는가? 저놈 형하고는 내가 막역한 사이인지라 이렇게 두고 볼 수만은 없는 입장이라네."

의외의 말에 위지극의 눈이 살짝 가늘어졌다.

"뭐 하는 짓이오!"

당기화가 노려보자 서문평의 시뻘게진 얼굴로 고래고래 소리쳤다.

"네놈은 입 닥치고 있거라! 나이도 먹을 만큼 처먹은 놈이 뭐 주워 먹을 게 있다고 이런 놈들하고 어울려 다녀!"

당기화는 뭐라 다시 말을 하려 했으나, 위지극이 먼저 입을 열었다.

"좋습니다, 어르신. 대신 부탁 한 가지만 들어주십시오."

"뭔가, 말해보게."

"앞으로 벌어질 싸움은 저 혼자 하겠습니다. 들어주시겠습니까?"

위지극의 말은 어찌 보면 명숙인 서문평을 무시한다고 생각할 수도 있었다.

그러나 이미 위지극의 무위를 직접 본 서문평은 그런 생각을 아예 접어버렸다.

앞에 얼마나 더 강한 자들이 있을지 모르고, 자신이 크게 도움이 된다고 장담할 수도 없었다.

서문평은 씁쓸한 표정으로 고개를 끄덕였다.

"내 약속하지."

"감사합니다. 그럼 가시지요."

위지극이 앞장서자, 서문평이 다시 한 번 당기화를 쏘아봤다.

“허튼 생각 말고 집으로 돌아가 있거라, 오늘 일이 끝나면
찾아갈 테니.”
　그리고는 당기화의 대답도 듣지 않고 위지극의 뒤를 쫓아
갔다.

第五十九章
귀결(歸結)

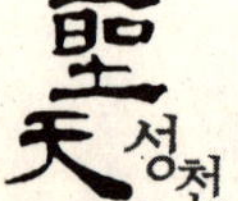

“너, 정말로 살아 있었구나.”

“허허.”

위지극을 본 극뢰권마는 반색했고, 백안독마는 실소를 터뜨렸다.

설마하니 자신의 만금사독에 중독되고도 살아남을 줄이야.

“오랜만에 뵙습니다.”

위지극이 인사하자 극뢰권마가 히죽 웃었다.

“그래, 오랜만이구나. 그런데 네가 이곳을 찾아오다니 무슨 일이라도 있는 거냐?”

극뢰권마가 의아한 듯 물었다.

"사죽림주란 사람을 만나러 왔지요."

"림주를? 네가 왜?"

"그가 저를 기다리고 있으니까요."

극뢰권마가 고개를 모로 비틀었다.

위지극이 무슨 뜻으로 하는 말인지 도통 이해되지 않는 듯했다.

이에 위지극이 가벼운 미소를 지으며 대답했다.

"제가 성천주입니다."

"뭐?"

"……!"

순간 극뢰권마가 경악성을 내질렀다.

다른 세 마인도 위지극을 뚫어져라 쳐다봤다.

그 눈빛에는 의심의 빛이 가득했다.

위지극의 실력을 익히 알고 있는 그들이었다.

위지극이 비록 뛰어나긴 하나 성천주라니, 어불성설이나 다름없었다.

"네, 네가 정말 성천주란 말이냐?"

"틀림없습니다."

"이거야 원……."

극뢰권마의 얼굴에 난처한 기색이 떠올랐다.

그는 사실 위지극과 싸우고 싶은 마음이 없었다.

마령곡에서 함께 생활했던 한 달간의 정이 남아 있었기 때문이다.

한때 서로 무공을 논하던 상대가 아니던가.

"이번에는 그런 식으로 도망치지 못할 것이다."

백안독마가 불쑥 나서며 말했다.

위지극의 고개가 그를 향해 천천히 돌아갔다.

그리고 얼굴에 떠올라 있던 미소가 조금 짙어졌다.

"그 말은 내가 해야겠소. 당신은 살아날 생각을 일찌감치 버리는 게 좋을 거요."

"뭐, 뭐라?"

"내 장담하는데, 그대는 뼈조차 묻힐 곳이 없을 것이오."

"못하는 소리가 없구나!"

백안독마의 눈동자가 휙 뒤집혔다.

그리고 드러나는 백안.

그의 분노가 극에 이르렀다는 증거였다.

그리고 이어지는 그의 일장.

후웅!

암흑과도 같은 흑운이 위지극을 향해 뿜어져 나왔다.

"조심하거라!"

극뢰권마가 소리치며 급히 몸을 피했다.

하나 위지극은 꼼짝도 하지 않았다.

반경 오 장을 가득 메우며 덮쳐 오는 흑운을 바라보고만 있었다.

결국 찰나의 시간 만에 위지극의 신형은 흑운으로 완벽히 뒤덮였다.

"뭐 하는 거냐!"

극뢰권마가 대경하여 소리쳤으나, 위지극은 미동도 없었다.

백안독마는 입꼬리를 비틀며 조소를 흘렸다.

"어리석은 놈."

한데 그의 말이 채 끝나기도 전이었다.

기변이 일어나기 시작했다.

스스스슷

흑운이 점차 위지극을 향해 모여들고 있었다.

처음에는 매우 느렸으나 점점 속도를 더해갔다. 그리고,

후욱!

일시에 위지극에게 빨려들어 갔다.

그리고 드러나는 위지극의 모습.

"……!"

그는 태연히 웃고 있었다.

아니, 어쩌면 그 나름대로 조소를 흘리고 있는지도 몰랐다.

전신 모공을 통해 모든 흑운을 흡수한 위지극이 담담한 목소리로 입을 열었다.

"잔재주는 끝났소?"

백안독마의 한쪽 뺨이 분노로 부르르 떨렸다.

그러나 어찌 된 일인지 도통 알 수 없었다.

자신의 흑마도운이 모조리 어디로 사라졌단 말인가? 설마하니 방금 눈으로 본 것대로 저놈의 몸속으로 흡수됐단 말인가? 그렇다면 어떻게 저놈은 저리 멀쩡할 수 있단 말인가?

어느 것 하나 이해되는 게 없었다.

하나 위지극은 모든 게 자신의 예상대로였다.

자연의 모든 본질을 다룰 수 있는 무애도극 앞에서는 만독이 무용지물이었다.

"이제 내 차례로군."

위지극이 좌권을 가볍게 내질렀다.

우르르릉!

뇌성과 함께 검은 번개가 쏘아졌다.

그리고 뒤이어 내질러진 우권에서는 붉은 번개가 튀어나갔다.

"흑혈뢰권?"

극뢰권마가 놀라 소리쳤다.

위지극의 권은 분명 자신의 성명절기인 흑혈뢰권이었다.

그것도 극성에 이르러야 펼칠 수 있는 흑혈쌍권을 저처럼 자연스럽게 펼치다니.

아직 다다르지도 않았건만 백안독마의 백포가 찢어질 듯 펄럭였다.

무시무시한 권력!

차마 정면으로 맞받을 수 없는 백안독마가 두 손을 어지러이 휘저으며 좌로 신형을 날렸다.

쾅!

위지극이 쏘아져 나간 것은 그와 동시였다.

광천비영이 발해지며 위지극의 신형이 감쪽같이 사라졌다가 백안독마가 피하려던 방향에 나타났다.

쫘아아악!

산월이 대기를 가르는 소름 끼치는 소리가 울려 퍼졌다.

"컥!"

백안독마의 얼굴이 고통으로 일그러졌다.

그리고 허공으로 치솟는 팔 하나.

"아직이다!"

한소리와 함께 사 장 높이로 날아오른 위지극이 떨어져 내리며 검첨을 아래로 찍었다.

우웅!

그러자 가느다란 검첨에서 사각의 백색광이 튀어나오더니 멍하니 올려다보는 백안독마를 찍어 눌렀다.

"카아악!"

콰쾅!

삼 장이 초토화되며 흙더미가 치솟았다.

"이, 이럴 수가……!"

극뢰권마는 벌어진 입을 다물지 못했다.

백안독마가 서 있던 자리에는 아무것도 남아 있지 않았다.

석 자가량 움푹 파인 땅거죽만 보일 뿐, 백안독마는 위지극의 말대로 뼛조각 하나 남기지 못했다.

뼈는커녕 핏물조차 보이지 않았다.

위지극은 무심한 눈빛으로 백안독마가 있던 자리를 쳐다보다 고개를 돌렸다.

"저를 보내주시겠습니까?"

극뢰권마는 위지극과 눈이 마주치자 흠칫했다.

자신과 비슷한 실력의 백안독마가 별다른 저항도 못한 채 형체도 없이 사라져 버렸다.

격이 달랐다.

남아 있는 세 사람이 아니라 삼십 명이 덤벼도 결코 그를 해할 수 없으리라.

"제가 알기로 여러분은 강호에 큰 해악을 끼치지 않았습니다. 사부님께서는 죽일 자와 살릴 자를 제가 직접 결정하라 하셨습니다. 해서 어르신들께서는 예전처럼 마령곡에서 무공에만 매진하셨으면 하는 바람입니다. 어르신들을 위해 마령곡은 열어놓겠습니다. 원하신다면 후에라도 찾아가 함께 무공을 논해보지요. 어떻습니까?"

극뢰권마는 우물쭈물하더니 혈참검마를 바라봤다.

그는 위지극의 말대로 하고 싶은 바람이었다.

마령곡, 그곳으로 돌아가고 싶었다. 그곳에서 예전처럼 바둑도 뒤며 무공도 연마하고 싶었다.

혈참검마는 위지극을 뚫어져라 쳐다보다가 휙하니 신형을 돌렸다.

"그 말, 절대 잊지 말게. 마령곡으로 찾아온다는 그대의 말."

"약속드리지요."

혈참검마가 내려가자 사혼도마와 극뢰권마도 그 뒤를 따랐다.

극뢰권마는 내려가다 말고 슬며시 위지극에게 손을 흔들었다.

마치 그의 무운을 비는 것처럼…….

*　　　*　　　*

"저기 올라오는군."

칠현금을 한차례 팅기며 요서광이 말하자 쌀을 씻고 있던 무덕성이 고개를 돌렸다.

그의 눈에 청년과 노인이 걸어오고 있는 모습이 들어왔다.

"저들입니까?"

"나도 자네처럼 직접 본 적이 없으니 모르지. 다만 이곳에 올라올 수 있는 사람이 그 말고 누가 있겠는가?"

"생각했던 것보다 무척이나 어리군요."

"동감이라네. 한데 옆에 있는 노인은 누군지 모르겠구먼. 꽤 높은 무공을 지닌듯한데."

무덕성이 그를 자세히 살피더니 히죽 웃었다.

"그는 아마도 도황 서문평일 것입니다. 저만한 기세와 저만한 도를 지닌 자는 그밖에 없을 테니 말입니다."

그나마 강호 밥을 먹은 무덕성인지라 서문평을 제대로 알아보았다.

"그나저나 조금만 늦게 오지. 이제 막 밥을 하려던 참인데, 식사도 하지 못하고 붙게 생겼지 않습니까?"

"어찌 저들을 탓할 수 있겠는가? 우리 팔자가 그런 것을."

무덕성이 투덜대자 요서광이 가벼운 미소를 지으며 대답했다.

그들 앞에 선 위지극은 겉으로는 태연했지만, 내심 놀람을 금치 못하고 있었다.

칠현금에 손을 올린 채 자신을 바라보고 있는 노인, 그 옆에서 뭐라 말하고 있는 덩치 큰 산적, 그리고 여기저기 흩어져서 편히 쉬고 있는 사람들.

그들 한 사람 한 사람이 모두 극강의 고수였다.

그러나 위지극의 놀람은 서문평에 비할 바가 아니었다.

그는 숨도 제대로 쉬지 못하고 있었다.

'어떻게? 어떻게 이런 놈들이 있을 수 있는 거지?

그들은 태평하니 쉬고 있는 모습이었으나 서문평은 그들의 진면목을 충분히 짐작할 수 있었다.

한편, 커다란 나무에 등을 기대고 서 있던 적도평의 눈에 이채가 서렸다.

'도황이 이 자리에 나타나다니 정말 뜻밖이로군. 한데 저 청년이 성천주?'

그는 위지극을 자세히 살폈다.

딱히 대단함이 느껴지진 않았다.

그리고 결정적으로 너무나 어렸다.

백의유생을 처음 봤을 때도 엄청난 실력에 비해 너무 젊다 생각했건만, 이건 그보다 더하지 않은가?

아무리 많이 봐줘야 이제 스물이나 되었을까? 그런데도 성천주라니…….

그리고 이 많은 고수들이 그 하나를 상대하기 위해 모였다니…….

'모를 일이로군.'

그는 고개를 절레절레 저었다.

그때 한쪽에 앉아 있던 백의유생이 만면에 미소를 지으며 일어났다.

"어서 오게. 구면인데 나를 기억하겠나?"

위지극은 고개를 끄덕였다.

"당신에게 물어보고 싶은 게 있소."

"이런! 이전 천주로부터 설명을 듣지 않았나? 아직도 궁금한 게 있다니 의외로군그래."

"그분은 많은 이야기를 해주지 않았소."

"과연 천주답군. 좋아, 어디 마음껏 물어보게."

그는 환히 웃으며 대답했다.

"왜 태평촌을 나온 것이오?"

백의유생은 알 수 없는 미소를 지었다.

"자네는 태평촌에서 얼마나 있었나?"

"정확하진 않지만 사십 년이 조금 넘었으리라 생각하오."

그 말에 서문평은 물론이고 적도평도 해연히 놀랐다.

사십 년이라니? 그럼 적어도 마흔 살이 넘었다는 뜻이지 않은가?

한데 더욱 놀라운 건 백의유생의 말이었다.

"매우 짧은 시간이군. 그러니 자네가 우리를 이해하기 힘들 걸세."

"뭐가 말이오?"

"우리는 그보다 몇 배나 되는 시간을 그곳에서 보냈다네. 촌장한테 억압당한 채 말이야. 무공은 점점 늘고 공력은 쌓여만 가는데 마땅히 풀 곳도 없었지. 그뿐인가? 그 오랜 시간 동안 보던 사람만 계속 봐왔어. 새로운 것도 없고 나아질 것도 없었지. 어떤가, 미칠 노릇 아닌가?"

"그게 전부요?"

"물론 아니야. 나와 함께한 이 사람들은 모두 각기 꿈이 있었어. 저기 단사륵은 여자와 사랑도 하고 아이도 낳고 싶어했지. 자네도 알다시피 태평촌에는 마땅한 여자도 없지 않은가? 그리고 요서광은 금을 무척이나 다루고 싶어했어. 또 저기 덩치 큰 무덕성은 삼류산적이 꿈이었다네. 그리고 자네가 해치운 나탁은 강호를 마음대로 주무르는 게 평생소원이었어. 하지만 이 모든 게 태평촌에서는 한낱 꿈에 불과했다네. 그 이유를 자네도 알겠지?"

"촌장님 때문이오?"

"맞아. 그 사람은 모든 걸 구속하려 했다네. 그러니 우리가 어찌 답답하지 않았겠는가?"

위지극은 백의유생의 말에 공감이 갔다.

자신 역시 사랑을 찾자고 그곳을 나온 것이나 다름없었기 때문이다. 물론 다른 임무도 있었지만.

그런데 백의유생은 정작 중요한 한 가지를 말하지 않고 있었다.

"그럼 당신은 무엇을 이루고자 나온 거요?"

"난 세상을 겪어보고자 했네."

순간 백의유생의 눈빛이 깊이 가라앉았다.

그것은 너무나 고요하고 그윽해 만물을 숨죽이게 만드는 힘이 있었다.

"자네는 아직도 내가 누군지 모르겠나?"

백의유생이 위지극을 지그시 응시했다.

"짐작은 하고 있소."

"짐작만으로는 모자라지. 말해보게, 내가 누구인지."

위지극은 묵묵히 그를 쳐다보다 한참만에야 나지막하게 입을 열었다.

"촌장님의 자(子) 아니오."

이에 백의유생이 대소를 터뜨렸다.

"하하하! 맞네, 맞아. 그분이 나의 부친이라네. 그 고집만 센 영감쟁이가 말이야."

그는 한동안 미칠 듯이 웃어대더니 어느 순간 웃음을 뚝 그쳤다.

"난 그곳에서 태어났어. 그러니 바깥세상이 얼마나 궁금했겠는가? 그래서 보내달라 간청했지. 하지만 그분은 허락하지 않았어. 어느 날 여자를 데려오더니 함께 살라 하시더군. 그리고 바깥세상은 잊으라고."

위지극은 항상 촌장님 옆에 머물던 아주머니를 기억해 냈다. 촌장을 아버님이라고 부르던.

'그랬었군. 이자가 아주머니의······.'

"그런데 말이야, 난 그녀를 사랑하지 않았네. 아이를 만들 생각도 하지 않았어. 말이 되는 소린가? 겨우 그것으로 잊으라니 어림도 없지."

그는 예의 미소를 지으며 말을 이었다.

"그래서 도망 나왔다네. 어떤가? 대답이 됐는가?"

위지극은 그의 말을 곰곰이 생각했다.

지금까지의 이야기를 종합하자면 이들은 크게 잘못을 저지르지 않았다.

나탁만을 제외하고 말이다.

그럼에도 촌장은 왜 이 사람을 반드시 죽이라고 했을까?

"혹시 당신은 사람의 목숨을 앗은 적이 있소?"

그 말에 백의유생이 빙그레 웃었다.

"뻔한 걸 묻는구먼. 나는 생명을 중히 여기지 않아."

"……!"

"어차피 자연에서 태어난 것, 자연으로 돌려보내는 게 무슨 잘못이라도 된단 말인가? 적어도 수만은 내 손에 의해 자연으로 돌아갔다네."

"수, 수만?"

위지극이 자신도 모르게 소리쳤다.

"저런! 놀랬는가? 적어도 자네만은 놀라선 아니 되거늘. 이미 이해하고 있지 않은가? 자연으로 돌아가는 게 얼마나 홍복인지를."

'미친!'

이자는 미쳤다.

그것도 완벽히 미쳤다.

불현듯 촌장이 자신에게 했던 말이 떠올랐다.

"아마 네가 늦게 모습을 드러냈더라면 그놈은 미쳐 날뛰었을
거다."

만약 그랬다면?
생각하기만 해도 끔찍했다.
수만이 아니고 수십만이 죽어나갔을 것이다.
'오늘 이 자리에서 없애야 해. 반드시……'
위지극은 양 주먹을 부서져라 쥐었다.
"왜 갑자기 말이 없어졌지? 그리도 의외인가?"
"혹시 내 친구들을 본 적 없소?"
위지극의 눈빛이 무섭게 변했다.
"아! 그 아이들 말인가? 물론 보았네."
"어떻게 했소?"
"내가 어떻게 했을 것 같은가?"
백의유생이 빙긋 웃으며 대답했다.
위지극은 차마 묻지 못했다. 그의 입에서 듣기 싫은 이야기
가 튀어나올 것만 같았다.
"쯧쯧, 아직도 그렇게 생과 사를 구별해서야……. 걱정하
지 말게. 아직은 살아 있으니까. 그러나."
그는 갑자기 뒤돌아 걸어가더니 나무 아래에 털썩 주저앉
았다.

"자네가 패하면 그들도 자네 뒤를 따라갈 걸세. 그러니 최선을 다해야 할 거야. 이 정도의 목표는 있어야 자네가 가진 모든 힘을 끌어낼 수 있잖은가. 하하하!"

"쓸데없는 짓을 했군."

"……."

"그들이 없어도 난 당신을 살려둘 생각이 없소."

"그래그래, 마음대로 해봐."

그의 말이 끝나자 다섯 사람이 느릿하게 걸어나왔다.

"우리는 합공을 할 걸세."

가장 먼저 창묘가 쌍수를 치켜들며 말했다.

뚜둥!

청아한 금소리가 한차례 울리며 요서광이 고개를 끄덕였다.

"성천주를 상대하는 것이니 양해하리라 생각하네."

"아무리 어리다 해도 성천주는 성천주! 어찌 우리가 허투루 대하겠는가."

"하하하! 형님들도. 성천주라면 우리 정도야 가볍게 이겨내야죠. 그렇지 않으면 림주를 어찌 상대하겠습니까."

그 뒤를 흑포를 휘날리는 지도정과 두 개의 대부를 양손에 나눠 쥔 무덕성이 이었다.

"싸우려는 마당에 다들 말이 많아."

그리고 마지막으로 대장장이 일을 하던 키 작은 노인, 단사륵이 판관필을 꺼내들며 중얼거렸다.

극강의 고수 다섯 사람에 둘러싸인 위지극.

그들이 뿜어내는 기세에 태진령 전체가 들썩였다.

하나 위지극의 눈빛은 그 어느 때보다 깊이 가라앉아 있었
다.

'쉽게 죽진 않겠지.'

위지극이 산월을 뽑아냈다.

그것이 시작이었다.

가장 먼저 움직인 건 무덕성이었다.

"으랴아!"

무덕성의 쌍부가 대기를 찢었다.

쿠아아아!

살을 베어낼 듯한 기세가 삼 장 밖에서도 느껴졌다.

쾅!

위지극이 허공으로 솟구치는 사이 쌍부에 강타당한 땅거
죽이 이 장 높이로 치솟았다.

번개를 무색케 하는 움직임!

그러나 요서광의 눈은 위지극을 놓치지 않았다.

뚜둥!

칠현금이 울리는 순간 위지극은 허공에서 몸을 뒤집었다.

절정의 대운룡삼식이다.

콰쾅!

아무것도 없는 허공이 폭발하며 위지극이 옆으로 삼 장쯤 미끄러졌다.

'음공!'

제대로 맞았다면 몸속에서 폭발을 일으켰으리라.

위지극의 검첨이 요서광을 향했다.

칭!

사각의 백색광이 튀어나왔고, 위지극이 검을 찍어 눌렀다.

백안독마를 가루로 만들었던 바로 그 초식이었다.

땅바닥이 주저앉으며 굉음을 만들어냈다.

그러나 어느새 요서광은 이 장 밖으로 피했고, 다시 칠현금을 튕기고 있었다.

뚜두둥!

퍼퍼퍼펑!

허공이 연속으로 터져 나가며 자욱한 연기로 뒤덮였다.

'칫!'

예닐곱 번을 신형을 비틀어 겨우 피해낸 위지극의 신형이 갑자기 사라졌다.

그리고 거짓말처럼 요서광 뒤에 나타나더니 검을 가로로 베어냈다.

그그궁!

주위가 진동하며 검력이 요서광을 뒤덮었다.

"흠!"

요서광은 심하게 몸을 떨며 주춤 뒤로 물러섰다.

"조심하시오!"

단사륵이 소리치며 급히 판관필을 쭉 뻗었다.

그러자 청광이 번뜩이더니 검력을 향해 쏘아져 갔다.

그럼에도 위지극은 검세를 거두지 않았다.

오히려 더욱 힘을 가했다.

퍼퍽, 쾅!

"으으음."

"형님!"

청광이 검력에 흔적도 없이 사라졌고, 칠현금은 산산이 조각나 허공으로 비산했다.

당한 것은 그의 병기만이 아니었다. 요서광도 무사하지 못했다.

그의 옷은 갈기갈기 찢어져 있었고, 힘없이 주저앉은 그는 한 사발이나 되는 피를 토해냈다.

더 이상 격전에 끼어들 수 없는 중상.

그나마 단사륵이 도와줬기에 그 정도로 끝난 것이었다.

'한 명.'

위지극은 고개를 치켜들었다.

찬란한 황금빛 장력과 청광이 동시에 들이닥치고 있었다.

창묘와 단사륵이 함께 손을 쓴 것이다.

쾅!

장력과 청광이 다다르기도 전에 굉음이 울리며 위지극이
사라졌다.

"정말 제대로 배웠구나!"

이염의 광천비영을 알아본 창묘가 감탄성을 내질렀다.

하지만 그러면서도 그의 손은 쉴 사이 없이 움직이고 있었
다.

위지극이 지나간 뒤로 연이어 장력이 적중하며 나무와 돌
이 터져 나갔다.

그러던 어느 한순간 위지극 앞에 갑자기 거대한 돌벽이 나
타났다.

위지극은 급히 좌로 방향을 바꿨으나 또다시 돌벽에 의해
가로막혔다.

위지극의 눈빛이 한 사람을 향했다.

두 손을 모은 채 뭐라 중얼거리고 있는 흑포노인.

바로 지도정이었다.

'술법!'

터터터텅!

위지극이 잠시 생각하는 사이 사방에서 돌벽이 나타났고,
천장까지 덮어버렸다.

꼼짝없이 갇힌 상황.

하나 이는 오래가지 않았다.

드드드드.

기이한 음향이 들려오는가 싶더니 돌벽이 시커멓게 변했고, 귀를 먹먹케 하는 굉음과 함께 사방으로 튕겨 나갔다.

"헙!"

쿵!

싸움을 지켜보던 도황이 크게 놀라며 옆으로 피하자 그가 있던 자리로 사람 키만 한 돌 파편이 날아와 박혔다.

하나 잠시 후 흐릿하게 변하더니 이내 사라져 버렸다.

'뭐야, 이게……'

그는 두 눈을 끔뻑이며 어리둥절해하다가 다시 들려오는 기음에 고개를 돌렸다.

위지극을 향해 수십 개의 불덩어리가 날아가고 있었다.

하나 불덩어리는 위지극에 닿기 전 일 장을 남겨놓고 모조리 사라졌다.

위지극을 덮고 있는 청광.

육문산의 진법을 파훼하던 그 빛에 닿자 불덩이가 형체도 없이 소멸하는 것이었다.

지도정은 낙담한 표정으로 고개를 젓더니 손을 풀었다.

저 구체는 자신의 술법을 무용지물로 만들고 있었다.

술법이 통하지 않는 존재에게 무엇을 할 수 있겠는가?

더해봐야 망신만 당할 뿐임을 그는 잘 알고 있었다.

"으라라!"

허공에서 기합성을 내지르며 무덕성이 떨어져 내렸다.

그러나,

터턱!

커다란 쌍부를 눈에 보이지도 않을 정도로 휘두르던 그가 어느 순간 멍청한 표정이 되었다.

"어……?"

그의 대부 중 하나는 위지극의 밝게 빛나는 손에 잡혀 있었고, 나머지 하나는 검에 착 들러붙어 있었다.

아무리 쥐고 흔들어도 꿈쩍도 하지 않는 쌍부.

"이, 이게……?"

위지극은 가벼운 미소를 짓더니 검파의 끝으로 그의 명치를 찍었다.

"캐애액!"

사지를 찢는 듯한 고통이 명치를 통해 전신으로 흘렀고, 입을 딱 벌린 무덕성이 천천히 쓰러졌다.

'셋!'

이제 둘이 남았다.

위지극이 제자리에서 신형을 한 바퀴 돌더니 번개처럼 뛰쳐나갔다.

쾅!

그와 동시에 그가 있던 자리가 일 장 넓이로 파이며 시뻘건 불길이 치솟았다.

창묘가 펼친 용염장(龍炎掌)의 위력이었다.

“하앗!”

위지극의 입에서 처음으로 기합성이 발했다.

그리고 그의 검이 미칠 듯이 회전하며 창묘를 향해 날아갔다.

“흐읍!”

“피하시오!”

하나 단사륵의 말에도 창묘는 자존심 때문인지 피하지 않았다.

전신 공력을 가득 끌어올린 그가 양손을 거칠게 휘젓자 그의 앞으로 불의 장막이 일어났다.

ㅋㅋㅋㅋ!

검이 회전하며 무지막지하게 화막을 두들겨 댔다.

“크으으.”

창묘의 입가로 한줄기 핏물이 배어 나왔다.

하나 그의 집념이 힘을 발했다.

결국 위지극의 산월은 화막을 절반가량 파괴시키는 것을 끝으로 힘을 잃고 떨어져 내렸다.

‘후우.’

그가 안도의 숨을 내쉬는 순간,

“조심……..”

단사륵의 외침과 함께 무언가 싸늘한 것이 엄습해 왔다.

‘헛!’

그는 급히 허리를 숙이며 앞으로 피하려 했다.

파지직!

그러나 한발 늦고 말았다.

정통으로 흑혈뢰권에 등을 강타당하고 말았다.

'넷.'

위지극이 신형을 돌려 세우더니 홀로 남은 단사륵을 쳐다봤다.

"계속하시겠소?"

단사륵의 얼굴이 기묘하게 찌푸려졌다.

그는 자신의 판관필을 한차례 쳐다보더니 땅에 내던져 버렸다.

"안 해!"

크게 소리친 그는 휘적휘적 나무 아래까지 가며 중얼거렸다.

"어떻게 된 게 다들 너무 놀기만 한 게 분명해. 이렇게 약해서야……."

투정처럼 들렸지만 그의 말은 사실이었다.

그만 해도 백여 년 동안 무공을 사용하지 않았으며, 이는 다른 사람들도 마찬가지였다.

그러나 그의 말을 들은 도황과 검황은 어이가 없었다.

경천동지할 싸움을 벌여놓고 한다는 소리가 너무 약하다고?

자신들은 황의인이 펼친 장력 하나 제대로 받아낸다 장담할 수 없거늘.

다섯 사람이 패하고 나자 그제야 백의유생이 몸을 일으켰다.

위지극은 절로 긴장됐다.

무혼심결을 익혔음에도 상대는 결코 실력을 가늠할 수 있는 존재가 아니었다.

"잘 보았네. 그럼 우리도 시작해 볼까?"

백의유생의 말에 위지극은 공력을 최대한 끌어올렸다.

우우웅!

그와 동시에 위지극의 신형이 백색 광망에 뒤덮였다.

반경 삼 장에 이르는 거대한 백색 구, 바로 무혼심결의 마지막 경지 무애도극이었다.

위지극은 처음부터 최선을 다하기로 결심했다.

괜히 여유를 두다간 찰나의 순간에 싸움이 끝날 수도 있기 때문이다.

반면 백의유생은 아무런 변화도 없었다.

여유로운 미소만 지은 채 병기조차 들고 있지 않았다.

뒷짐을 지고 있던 그의 손이 천천히 풀리며 땅을 향했다.

"준비는 됐는가?"

"오시오."

위지극의 말이 끝나는 순간이었다.

백의유생의 손이 까닥였다.

"읍!"

위지극은 급히 헛바람을 들이켰다.

그를 뒤덮고 있던 백색 광망이 일그러졌다. 그와 동시에,

콰앙!

"큭!"

위지극의 왼팔이 산산이 부서져 나갔다.

위지극은 이를 악물었다.

'이 정도일 줄이야……'

뼈가 끊어진 고통보다 놀라움이 먼저였다.

무애도극이 이처럼 쉽게 파괴된 것에 대한 놀라움이었다.

"역시……."

백의유생이 묘한 미소를 지었다.

"저, 저거……!"

"……!"

위지극을 바라보고 있던 도황은 말을 잇지 못했다.

백의유생의 엄청난 무공 때문이 아니었다.

위지극의 팔이 새로 생겨나고 있었기 때문이다.

처음은 느릿하게 피가 멈추는가 싶더니 순식간에 뼈가 만들어지고 살이 붙었다.

역천지신과 무애도극이 만들어내는 조화였다.

무애도극은 역천지신의 재생 속도를 극한까지 끌어올리는

힘이 있었던 것이다.

위지극이 새로 만들어진 왼손을 몇 차례 쥐었다 펴더니 검을 곧추세웠다.

"이번 싸움은 길어질 것 같구려."

"역천지신의 싸움은 그래야지. 한데, 과연 나를 다치게 할 수 있을지……."

"두고 보면 알 것이오!"

콰앙!

백색 광망에 휩싸인 채 위지극이 벼락처럼 쏘아져 갔다.

그 힘에 뒤에 있던 흙더미가 솟구치고, 나무들이 거세게 흔들렸다.

쐐액!

위지극은 빠르게 산월을 앞으로 내뻗었다.

그의 검이 막 적중하려는 순간,

백의유생의 신형이 흐릿하게 흐려지더니 거짓말처럼 사라져 버렸다.

"흥!"

그러자 위지극의 신형이 마치 벽에 맞고 튕겨지는 것처럼 옆으로 꺾어졌다.

콰아아!

그리고 이어지는 일검, 낙평유수(落平流水)!

팟!

믿을 수 없게도 백의유생의 옷자락이 잘라지며 한줄기 핏물이 튀었다.

"오호! 나를 잡을 수 있나?"

"무혼심결을 우습게보지 마시오!"

위지극은 뒤로 신형을 물리는 그를 빠른 속도로 뒤쫓았다.

백의유생의 형체는 눈으로 쫓을 수 있는 게 아니었다. 아니, 그의 기운조차 감지할 수 있는 게 아니었다.

마치 무(無)와 같은 백의유생이었다.

그러나 그에게도 한 가지 약점은 있었다.

그는 자신을 없앴을 뿐이지 천지를 뒤덮고 있는 자연 자체를 없애지는 못했다.

때문에 그의 움직임을 대자연이 대신 말해주고 있었다.

"좋아, 좋아!"

콰쾅!

백의유생이 한순간 멈춰 서며 양손을 휘저었다.

위지극의 한쪽 다리가 떨어져 나갔다.

그럼에도 위지극은 검을 멈추지 않았다.

첩천한격!

산월에 적중한 백의유생의 한쪽 어깨가 부서졌다.

콰콰콰쾅!

뒤이어지는 상혼늑강, 삼금탄산이 백의유생을 전신을 헤집었고, 그사이 위지극도 배가 뚫리고 팔이 부서져 나갔다.

검을 쥔 팔이 부서지자 뇌력으로 산월을 끌어올려 쳐나갔고, 그사이에 재생된 좌수로 옮겨 잡아 만해구인을 펼쳤다.

백의유생의 재생 속도도 위지극 못지않았다.

아니, 오히려 더 빨랐다.

찰나지간에 산산이 잘라져 나간 심장이 만들어지고 갈기갈기 찢어졌던 팔이 붙었다.

"하하하! 이제야 제대로 된 싸움을 하는구나!"

백의유생이 대소를 터뜨리며 손을 휘둘러댔다.

허공이 붉게 변하고 땅거죽이 뒤집혔다.

두 사람 사이를 뚫고 튀어나간 검기와 장력이 십 장 밖의 돌을 부수고 나무를 뿌리째 뽑아냈다.

"저것이 무공의 끝인가?"

적도평의 눈빛이 쉴 새 없이 떨렸다.

마황의 말.

그것은 거짓이 아니었다.

두 사람이 일으키는 기의 파탄에 밀려 십오 장이나 떨어졌건만 그럼에도 눈을 뜨고 몸을 가누기가 힘들었다.

'부끄럽구나. 자만했던 내가 참으로 부끄럽구나.'

그는 자책하며 고개를 저었다.

서문평 역시 검황이 느끼는 바와 다르지 않았다.

'도황이라는 별호는 개나 줘야겠군.'

저들 앞에서 도황이라는 별호를 쓴다는 것 자체가 우스운 일이었다.

저들은 사람이 아니었다.

무신이었다.

무신이 세상에 둘 있어 격전을 치른다면 바로 저런 모습이리라.

어느새 오십 초가 지나고 백 초가 흘렀다. 다시 이백 초가 지나고 삼백 초가 되었다.

끝이 없을 것만 같은 싸움.

하나 위지극은 점점 지쳐 가고 있었다.

무애도극이 아무리 신에 이른 경지라고는 하나 단시간 만에 너무나 많은 진기를 소모했다.

그만큼 전신을 재생시키는 일은 많은 진기를 필요로 했던 것이다.

'이렇게 해서는 저자를 죽일 수 없어. 아니, 이러다가 오히려 내가 죽을지도.'

무애도극의 힘이 떨어진다면 어떤 일이 벌어질지 몰랐다.

그전에 해결을 해야만 했다.

"하하하! 왜 그러느냐? 벌써 힘이 다했느냐?"

반면 백의유생은 여전히 진기로 충만했다.

'마지막 초식만 펼칠 수 있다면 어떻게든 해보겠는데……'

사실 자신은 없었다.

마지막 초식이 뭔지도 몰랐기 때문이다.

혼원무혼검법은 총 십팔 초식 그중 십육 초를 익혔다.

그러나 촌장님의 말, 무혼심결을 대성하기 전에는 이자를 상대하지 말라던 말은 곧 최후 초식을 사용하면 이길 수 있다는 뜻이 아니던가?

그때였다.

백의유생의 손이 위지극의 가슴을 파고들었다.

"큭!"

그의 손으로부터 미지의 진기가 흘러들어 전신으로 흘러들어 갔다.

위지극은 몸을 부들부들 떨었다.

무애도극이 힘을 다했는지 백색 광망이 옅어지고 있었다.

'빌어먹을……'

재생조차 제대로 일어나지 않았다.

산월이 그의 손을 벗어나 땅에 떨어졌다.

"성천주가 이렇게 약해서야 되겠는가?"

위지극은 뭐라 쏘아붙여 주고 싶었다.

그러나 입만 달싹거릴 뿐 목소리가 나오지 않았다.

고개가 옆으로 처지고 피가 흘러내렸다.

그가 절망에 빠져들려는 그 순간이었다.

'……!'

위지극의 눈에 하나의 구슬이 들어왔다.

산월의 수실 대신 달아놓았던 붉은 구슬.

바로 만년적옥이었다.

정체 모를 뭔가를 잡고 얻었다는 만년적옥.

만년적옥을 발견할 당시 읽었던 촌장이 남긴 글귀가 머리를 스쳐 갔다.

역천지신이라 할지라도 그놈에게 패한다면 다시 살아난다고 보장할 수 없으니.

위지극은 모든 공력을 끌어올려 산월을 끌어당겼다.

"쓸데없는 짓을."

백의유생이 비웃었으나 귀에 들어오지 않았다.

휘익!

산월을 끌어당긴 위지극은 만년적옥을 부서져라 꽉 쥐었다.

'지금은 알 것 같아. 어떻게 사용하는지!'

파직!

만년적옥이 산산이 부서졌다.

스스스슷!

그리고 먼지로 변한 그것이 위지극의 손으로 순식간에 빨려들어 갔다.

"지금 뭐를……."

백의유생은 말을 끝맺지 못했다.

어느새 그의 심장을 관통하고 있는 산월.

그것이 입을 막아버렸다.

파아아아!

산월이 빛을 내기 시작했다.

무애도극을 능가하는 밝음이었다.

빛에 부딪친 심장부터 백의유생의 몸이 천천히 사라져 갔다.

완벽한 소멸.

혼원무혼검법 최후 초식 천극륜멸(天極侖滅)의 힘이었다.

위지극은 사라져 가는 그의 얼굴을 바라봤다.

그의 눈, 그의 입.

놀랍게도 그는 웃고 있었다.

지금까지 보여주었던 것과는 비교할 수 없을 만큼 환한 미소가 떠올라 있었다.

세상을 모르는 아이의 평안한 웃음, 그의 미소는 바로 그것이었다.

'왜……?

왜 웃는 걸까?

뭐가 그리도 평안한 걸까?

위지극은 결국 의문을 풀지 못했다.

그리고 잠시 후,

위지극의 산월에는 그가 입고 있던 백의만이 남았다.

*　　　*　　　*

이십일조원들과 해후한 후 산을 내려가던 위지극은 놀라운 사실을 접했다.

검황 적도평.

그가 자신의 사촌누이였던 것이다.

위지극은 처음 그를 보았을 때부터 여인임을 알아보았다.

그가 이름을 물어보았을 때 검황이 자신을 적도평이라 소개하자, 대번에 가명임을 깨달았다.

어찌 여인의 이름이 적도평이 될 수 있겠는가?

이름을 숨기는 것은 부모를 욕되게 한다는 위지극의 말에 그녀는 결국 자신의 이름을 말해줄 수밖에 없었다.

경묘운.

위지극은 그 이름을 듣는 순간 묘한 기분이 들었다.

물론 기쁨이 컸지만 왠지 어색하기도 했다.

자신보다 나이 들어 보이는 누이라니.

결국 그녀는 위지극의 권유로 성천에 입촌하게 되었다.

그리고 남은 사죽림의 사람들, 위지극은 그들을 모두 태평촌의 속박으로부터 풀어주었다.

그것이 정도의 길이었기 때문에…….

　　　　　*　　　　　*　　　　　*

　강호는 예전으로 돌아갔다.

　적존교는 남아 있으나 예전의 적존교가 아니었다.

　육문산은 이제 누구나 들어갈 수 있는 곳이 되었다.

　새로운 적존교주가 된 우희명이 대사형인 청령에게 자리를 물려주고 성천으로 들어갔기 때문이다.

　청령에게 복수심 따윈 없었다.

　그는 우백의 충실한 제자였기에 사부의 명에 따랐을 뿐 한 치의 사심도 사욕도 없는 인물이었다.

　그렇게 새로운 대문파가 탄생했다.

　　　　　*　　　　　*　　　　　*

　세월은 바람처럼 흘러갔다.

　망하지 않을 것 같던 적존교가 삼 대 만에 막을 내린 후 삼 년이 지났다.

　위선이 하늘을 보고 평상에 누워 있는 위지극에게 다가가 조용히 불렀다.

　"촌장."

　위지극은 대답이 없었다.

위선의 미간이 잔뜩 찌푸려졌다.

"촌장님!"

"네? 부르셨어요?"

벌떡 일어나 앉는 위지극을 보며 다시 한 번 인상을 찌푸린 위선은 얼굴을 펴지 않은 채 말했다.

"요성향이 피어올랐습니다."

"아하! 정말 오랜만이네요. 아니, 처음인가?"

"촌장님이 등극하신 뒤로 처음이지요."

위선은 유독 님 자를 올려 말했다.

"그렇군요. 어디인가요?"

"남만입니다."

"남만이요? 거기는 무지하게 살기 힘들다던데."

"바로 그 살기 힘들다는 남만입니다."

"후후후."

위지극이 갑자기 묘한 웃음소릴 냈다.

"왜 그러십니까?"

"웅이 형이 좋아할 것 같아서요."

"그렇군요. 이번 차례가 웅이었군요. 흐흐흐."

위선도 한동안 위지극을 따라 웃더니 신형을 돌려세웠다.

"그럼 전해주러 다녀오겠습니다."

"웅이 형한테 빨리 가보라고 전해주세요!"

"물론이지요."

그가 사라지자 위지극은 다시 벌렁 평상에 누웠다.

"여보!"

앙칼진 여인의 음성에 위지극이 잽싸게 돌아누웠다.

그러자 여인의 말이 이어졌다.

"일시키려는 거 아니야. 와서 밥 먹으라고."

그 말에 위지극이 화색을 띠며 벌떡 일어났다.

그리고 그의 시선이 향한 부엌에는 고개만을 빠끔히 내놓은 우희명이 얄미운 표정으로 그를 쳐다보고 있었다.

〈終〉

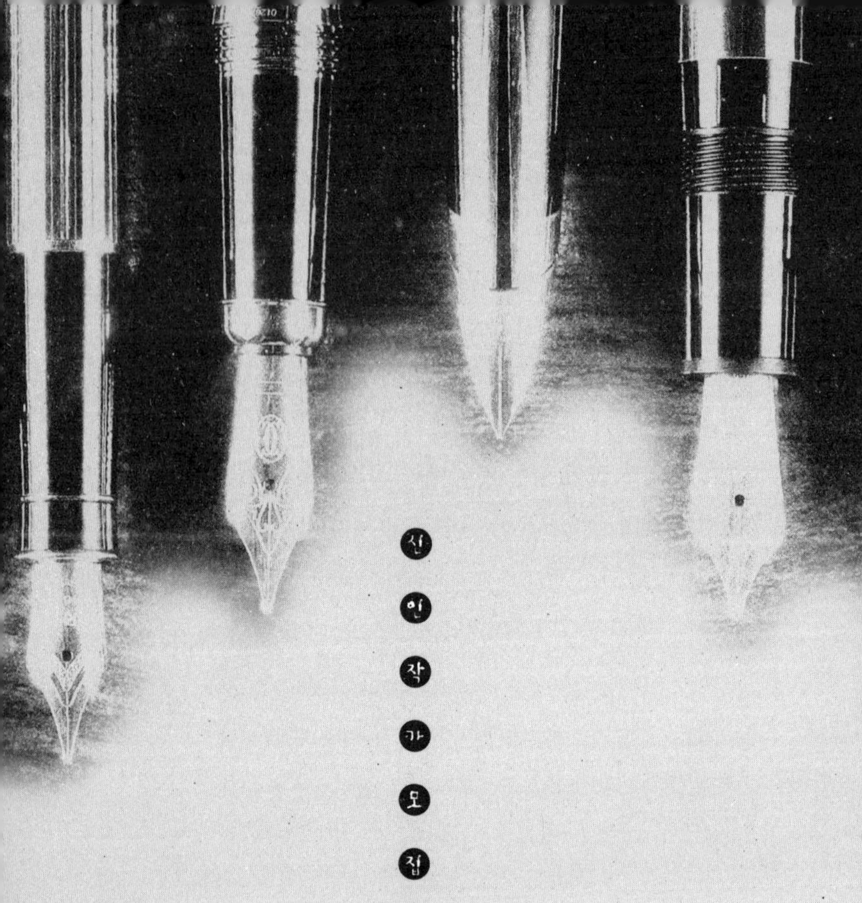

신
인
작
가
모
집

시작이 반이라고 했습니다.
작가의 길에 대한 보이지 않는 벽을 과감히 깨뜨리십시오!
청어람은 작가 지망생 여러분들의
멋진 방향타가 되어드리겠습니다.

저희 도서출판 청어람에서는
소설 신인 작가분들을 모집합니다.
판타지와 무협을 사랑하시는 분들의 많은 참여를 바랍니다.
소정의 원고(A4용지 150매)를 메일이나 우편으로 보내주시면
검토 후 출판 여부를 알려드리겠습니다.

주소:경기도 부천시 원미구 심곡1동 350-1 남성B/D 3F 우편번호420-011
TEL:032-656-4452 · FAX:032-656-4453
http://www.chungeoram.com
e-mail:chungeoram@chungeoram.com

War Mage

워메이지

김재한 퓨전 판타지 소설

사람들이 인식하는 상식의 세계 이면,
짙은 어둠이 드리워진 그곳에 사는 괴물들이 있다.

문명이 드리운 그림자 속에서, 전투기계들과
인간의 사념으로부터 태어난 마물들이 격돌한다.
마법과 주술이 난무하는 초현실적인 전장,
소년은 그곳에 서는 대가로 인생을 잃었다.
운명의 노예가 되어 가족과 인성을 잃어버린 소년, 진유현.

총염(銃炎)과 검광(劍光)이 뒤얽히는
어둠의 거리에서, 운명의 족쇄를 끊고 나온
소년의 눈이 살의를 발한다.

유행이 아닌 자유추구 -
WWW.chungeoram.com
Book Publishing CHUNGEORAM

귀궁사
鬼弓士
1
참마도 新무협 판타지 소설
FANTASTIC ORIENTAL HEROES
귀궁사
鬼弓士
참마도 新무협 판타지 소설
1
청어람

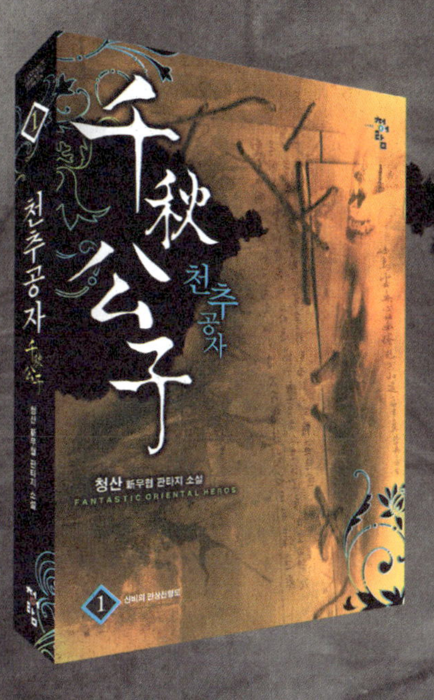

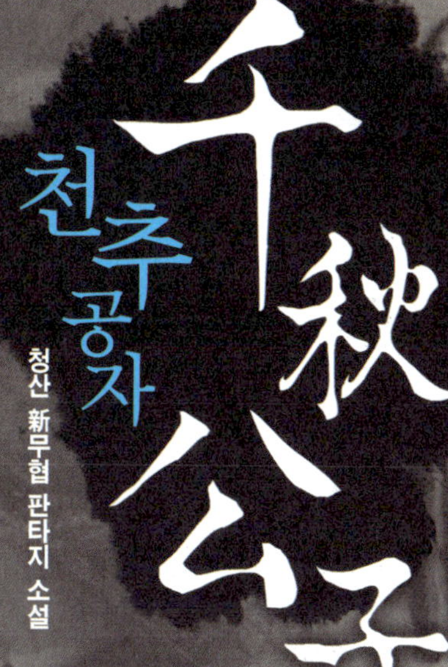

운명을 뛰어넘는 담대한 도전!

황제마저 농락한 숭문세가의 공자 문천추(文千秋).
용문에 이르기 전까지 그는 시문과 서화를 즐기며 대하를 누비는
한 마리 커다란 잉어였다.
그러나 운명은 그를 용문(龍門) 앞에 이끌었다.
용문의 드센 물살을 거슬러 올라 용(龍)이 될 것인가,
아니면 용문점액의 상처를 입고 추락할 것인가.

죽음의 하늘 사중천(死重天)!
오로지 파괴와 살육만을 일삼는 사마악(邪魔惡)의 결집체.
사중천의 어둠은 태양마저 가리며 천하를 뒤덮는다.
마침내 죽음의 하늘과 맞서는 용 울음소리.

천추(千秋)에 빛날 문무제일공자의 호쾌한 행보가 시작되었다.

감동의 행진을 멈추지 않는 작가 한성수!

구대문파 시리즈의 두 번째 이야기 『소림곤왕』!!
그 화려한 무림행이 펼쳐진다

"너는 지금부터 날 사부님이라 불러야만 하느니라.
소림사의 파문제자인 나, 보종의 제자가 되어서 앞으로 군소리없이 수발을 들고 모진
고통을 이겨내며 무공 수련을 해야만 한다."

잡극계의 천금공자 엽자건!
소림의 파문제자 보종의 제자가 되다!!

역사와 가상.
실존의 천하제일인과 가상의 천하제일인에 도전하는 주인공!
이제부터 들어갑니다. 부디 마음껏 즐겨주시기 바랍니다.
– 작가 서문 中에서.